Ancré dans le Péché

Alta Hensley

Renee Rose

Traduction par
Agathe M

RENEE
ROSE
claimed by love

Mentions légales

Ce livre électronique est une œuvre de fiction. Bien que certaines références puissent être faites à des évènements historiques réels ou à des lieux existants, les noms, personnages, lieux et évènements sont le fruit de l'imagination des auteures ou sont utilisés de manière fictive, et toute ressemblance avec des personnes réelles, vivantes ou décédées, des établissements commerciaux, des évènements ou des lieux est purement fortuite.

Ce livre contient des descriptions de nombreuses pratiques sexuelles et BDSM, mais il s'agit d'une œuvre de fiction et elle ne devrait en aucun cas être utilisée comme un guide. Les auteures et l'éditeur ne sauraient être tenus pour responsables en cas de perte, dommage, blessure ou décès résultant de l'utilisation des informations contenues dans ce livre. En d'autres termes, ne faites pas ça chez vous, les amis !

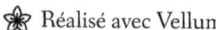 Réalisé avec Vellum

Table des matières

Livre gratuit de Renee Rose

Abonnez-vous à la newsletter de Renee

Abonnez-vous à la newsletter de Renee pour recevoir livre gratuit, des scènes bonus gratuites et pour être avertie de ses nouvelles parutions !

https://BookHip.com/QQAPBW

Chapitre Un

Hannah

Les pneus d'une voiture crissent dans la ruelle derrière le *Jardin d'Éden*, ma boutique de fleurs.

Le cousin d'Armando, Marco, qui était posté dans la ruelle pour me protéger, pivote et saisit le pistolet à sa ceinture.

Je sursaute instinctivement, et mon cœur s'arrête. Un type se penche par la fenêtre ouverte, son arme braquée sur nous. Le temps semble ralentir alors que Marco écarquille les yeux comme s'il réalisait soudain quelque chose.

— À terre ! me lance-t-il.

Il se jette sur moi et me plaque au sol de béton froid qui se trouve derrière la benne à ordures.

Le corps de Marco protège le mien tandis que des coups de feu assourdissants retentissent dans la ruelle. Il brandit son arme pour répliquer, mais avant de pouvoir presser la détente, il est touché par une balle.

La douleur enflamme ses yeux. Son corps convulse.

Je hurle. Il y a du sang partout, et le liquide chaud et collant se répand sur mes jambes.

— Marco !

Ma voix est à peine audible à cause de la cacophonie des coups de feu qui frappent la benne à ordures métallique.

Les mains tremblantes, je le touche, prenant peu à peu conscience de la situation. Il ne s'agit pas d'une attaque au hasard. Nous avons été ciblés.

— Reste à terre, m'ordonne Marco les dents serrées, le corps tremblant à cause du choc ou de l'adrénaline.

Son sang a beau former une flaque entre nous, il ne me quitte pas des yeux une seconde, comme s'il était déterminé à me protéger quoi qu'il en coûte.

Oh, Seigneur.

J'ai déjà vu un homme mourir cette semaine. J'ai déjà été exposée à la violence de l'existence d'Armando. Mais cette mort-là m'avait semblé surréaliste. Comme si je regardais un film. Marco, je le connais. C'est le cousin d'Armando. S'il meurt...

Non, je ne peux même pas y penser. Il respire toujours. Il semble alerte.

Des voix retentissent dans la voiture.

— C'est pas lui !

Et :

— On y va ! On y va !

Le véhicule démarre en trombes, laissant pour seule preuve de l'agression une trace de pneus et un nuage de poussière.

C'est pas lui.

Ils cherchaient à éliminer Armando, et ils sont venus à ma boutique. Dans la ruelle de derrière. Cela signifie-t-il qu'ils ont fait le lien entre lui et moi ?

Est-il en danger dans mon appartement ?

Cette idée me serre la gorge.

Marco continue de se vider de son sang sur mes vêtements et ma peau. Dans un grognement, il roule sur le côté et tente de se relever.

— Doucement, dis-je. Je vais appeler à l'aide.

Je cherche mon téléphone et le trouve par terre. *Armando.* J'étais en train de lui parler avant que tout cela se produise.

— Armando ! m'écrié-je, tentant de dégager mes jambes coincées sous celles de Marco. Armando, Marco a été touché !

Il entend peut-être toujours ce qui se passe de notre côté et sait désormais que nous sommes tous les deux en vie, mais en danger.

Comme si ma voix l'avait fait apparaître, Armando pénètre dans la ruelle, les yeux écarquillés par la panique. Il observe la scène : Marco blessé et moi tremblante et couverte de sang.

— Hannah !

Il court vers nous, mais n'a d'yeux que pour moi.

— Je vais bien, mais Marco a été touché.

— *Madonna mia*, qu'est-ce qui s'est passé, putain ?

Il s'accroupit à nos côtés, les mains en suspens au-dessus de son cousin, comme s'il ne savait pas où le toucher et comment l'aider. La peur marque son visage pâle, une vulnérabilité que je n'avais encore jamais vue chez lui.

— Tes potes, grogne Marco en s'asseyant, les dents serrées par la douleur. Ils ont débarqué de nulle part.

— Vous avez pu voir qui c'était ? demande Armando.

Je vois les rouages tourner dans son esprit, comme s'il préparait déjà sa vengeance.

— Je... je ne sais pas, bégayé-je, toujours sous le choc. Je n'ai pas vu leurs visages.

— Merde.

Armando alterne les regards entre son cousin et moi, son inquiétude palpable.

— Il faut que je vous emmène en lieu sûr. Vous pouvez marcher ?

— Bien sûr que je peux marcher, répond Marco d'un ton désinvolte en essayant de se mettre debout.

Son visage se tord de douleur, et il s'écroule de nouveau au sol. Les mâchoires serrées, Armando glisse le bras de son cousin autour de ses épaules et le hisse sur ses pieds.

— Tu n'irais pas bien loin dans ton état, dit-il.

Je me place de l'autre côté de Marco pour aider Armando. À deux, nous parvenons à faire avancer son cousin.

— Mando, murmure Marco d'un ton las. Je ne les ai pas vus venir.

— On s'en souciera plus tard, répond Armando d'une voix tendue. Pour l'instant, le plus important, c'est de vous emmener loin d'ici.

Alors que nous portons et traînons Marco le long de la ruelle en direction de ma boutique, mes pensées tourbillonnent jusqu'à atteindre une conclusion dévastatrice : ma vie est désormais irrévocablement liée à ce monde dangereux et à l'homme qui m'y a plongée. Même si le voir tuer un homme à mains nues nous avait déjà suffisamment liés comme ça.

L'arrière de la jambe de Marco est trempé de sang, et je vois Armando observer sa blessure, les narines dilatées.

— Il faut qu'on t'emmène à l'hôpital, dit-il.

— Tout va bien, insiste Marco les dents serrées tandis

que j'essaye de le maintenir debout. Demande à l'un des gars de faire sortir la balle, ça suffira.

— Tais-toi, rétorque Armando. Je te conduis à l'hôpital. Donne-moi tes clés.

Il cale son cousin contre le mur de brique à côté de la porte de derrière.

— Mec, je veux pas foutre du sang sur les sièges de ma BM.

— Tu préférerais une ambulance ?

Marco grogne.

— Bon, d'accord.

Il cède ses clés avec réticence.

— Tu peux le tenir une minute, Pâquerette ? Je vais faire le tour avec la voiture.

— Bien sûr.

Ma voix se brise. Je tremble toujours de partout, complètement sidérée.

Armando doit percevoir la peur dans mon ton, car il s'arrête et m'examine des pieds à la tête, comme s'il cherchait une éventuelle blessure.

— Je suis indemne, lui assuré-je. Va chercher la voiture.

L'inquiétude voile ses yeux sombres.

— Tu en es sûre ?

J'acquiesce, tentant d'ignorer la terreur qui continue de me coller comme une seconde peau.

— Oui, tout va bien. Vraiment. Vas-y !

Il hoche la tête dans un mouvement saccadé et s'éloigne en courant.

Quelques minutes plus tard, une BMW entre en trombes dans la ruelle et s'arrête. Armando ouvre la portière passager, puis descend pour m'aider à asseoir Marco. Je me glisse sur la banquette arrière.

— Dépose-moi juste devant l'hosto, dit Marco lorsqu'Armando démarre. Je ne veux pas que ça remette en question ta liberté conditionnelle.

Armando serre les dents.

— C'est ma putain de faute.

— Arrête de te morfondre, *stronzo*. C'est moi qui me suis fait tirer dessus. Dépose-moi devant et va-t'en. Appelle Léo et assure-toi qu'il cache tout à notre mère, puis vient avec lui, comme si tu venais d'apprendre la nouvelle.

Armando hoche la tête d'un air sinistre. Je le vois me regarder dans le rétroviseur.

— Je resterai avec Marco, dis-je. Je ne suis pas en liberté conditionnelle.

— Non, répond aussitôt Armando. Je ne veux pas que tu te retrouves mêlée à cette histoire. *Capito* ?

Une fois à l'hôpital, Armando accélère en direction des urgences.

— Hé, *primo*, dit Marco d'une voix râpeuse. Ne t'en fais pas pour moi. La balle n'a rien touché d'important.

Il ouvre sa portière et parvient à tituber jusqu'à l'entrée.

— Je devrais l'accompagner.

— Reste là, gronde Armando.

Il suit son cousin du regard un moment avant de démarrer à toute allure.

Il fait le tour de l'hôpital, puis se gare sur le parking et coupe le moteur. Les mains tremblantes, il sort son téléphone.

— Il faut que j'appelle Léo, marmonne-t-il.

Il jette des coups d'œil aux quatre coins du parking, comme s'il s'attendait à une nouvelle attaque.

— Léo, c'est moi, dit-il d'un ton empressé lorsque le frère de Marco décroche. Marco s'est fait tirer dessus... dans la ruelle derrière le *Jardin d'Éden*. Il protégeait Hannah. C'était moi qui étais visé. Ouais, on est devant l'hôpital, là.

Retrouve-moi là-bas. Et Marco a dit qu'il fallait cacher ça à votre mère.

La conversion se conclut rapidement, et Armando range son portable dans sa poche.

Quand nous sortons de la voiture, il se remet à m'examiner, comme s'il pensait que j'avais également été touchée et que je le lui cachais.

— Tu es blessée ?

Je secoue la tête.

— Laisse-moi voir, insiste-t-il.

Il glisse une main autour de ma taille pour me rapprocher. Son contact m'envoie un frisson dans l'échine, mais c'est pile ce qu'il me faut pour arrêter de trembler des quatre membres. Ça me ramène sur terre.

Les mains d'Armando parcourent mon corps avec douceur. Il grogne en voyant mes genoux écorchés par le béton.

— Merde, Hannah. Heureusement que tu n'as pas reçu de balle.

Il pose son front contre le mien.

— Armando...

Je ne sais pas quoi dire ou faire.

— Je suis désolé, Hannah.

Ses bras m'étreignent toujours, et sa respiration est saccadée tandis qu'il observe les environs, promenant le regard sur tous les recoins sombres. Je sens la tension monter en lui.

— Je suis désolé que tu te retrouves prisonnière de ma toile.

— Je ne me sens pas prisonnière, dis-je à voix basse.

Je suis sincère.

Si Armando n'avait pas tué un homme dans ma boutique, je n'aurais pas eu le privilège d'apprendre à le connaître. Je n'aurais jamais su ce que ça fait, d'être possédée par un homme comme lui.

Et je ne renoncerais à ça pour rien au monde.

Mais son visage est inexpressif, comme si l'agression avait réveillé son stress post-traumatique. Il secoue la tête.

— Je voulais te tenir à l'écart de tout ça.

Je pose une main sur sa joue et l'oblige à me regarder.

— Hé. Je vais bien. Et Marco se rétablira, lui aussi.

Ses yeux sombres croisent les miens, et l'espace d'un instant, j'y vois quelque chose de vulnérable et à vif.

— Je ne sais pas ce que je ferais si tu avais été touchée, Hannah, dit-il avant de déglutir. Je ne supporte pas l'idée que tu sois blessée par ma faute.

— Tout ira bien. Je vais bien. Et Marco ira bientôt mieux.

Armando secoue la tête.

— Rien ne va. Mais je vais m'assurer que ça change.

Chapitre Deux

Armando

Les chaussures compensées colorées d'Hannah claquent sur le sol stérile et résonnent dans la salle d'attente des urgences pendant qu'elle fait les cent pas.

Léo est assis, une cheville posée sur le genou opposé, et agite le pied.

— Tu as prévenu le don ? me demande-t-il.

— Pas encore.

À une époque, je me serais immédiatement tourné vers Don G. Quelles que soient les circonstances. Mais je me sens complètement déconnecté de la *Famiglia*, désormais.

Bien sûr, je dois lui rapporter les événements. Lui raconter ce qui s'est passé. Mais quand je le ferai, je veux être en mesure de lui dire que je maîtrise la situation. J'ai besoin de réponses pour pouvoir mettre un terme à tout ça.

Surtout maintenant qu'Hannah y est mêlée.

Je ne peux pas la mettre en danger.

Je jette un regard à l'horloge. Ça fait des heures que

Marco est à l'hôpital, et le silence de cette pièce blanche et froide est assourdissant.

— Quand est-ce qu'ils vont nous donner des nouvelles, nom de Dieu ? grommelé-je, tentant de contenir ma frustration et ma peur.

Je boude dans un coin de la pièce, à l'écart d'Hannah, tout en luttant contre mon envie de donner un coup de poing dans le mur. J'imagine Marco en train de se prendre une balle qui m'était destinée et je rejoue la scène encore et encore dans mon esprit, un rappel constant que je suis responsable. Et si la balle avait frappé son cœur ? Sa tête ? En ce moment même, je serais en train d'expliquer à ma tante les raisons de la mort de son fils.

Cette idée me rend malade.

Je voulais ressentir quelque chose, n'importe quoi, mais pas ça.

Dieu merci, Hannah n'a pas été touchée.

— Putain, dis-je en serrant les poings.

Je coule un regard vers elle, vers son beau visage affligé par l'inquiétude, et ma poitrine se serre davantage. Si seulement je ne l'avais pas entraînée dans ce monde, dans le chaos de mon passé, elle ne serait pas ici, face au danger.

Elle se dirige vers moi.

— Armando. Il va s'en sortir. Et ce n'est pas ta faute.

Je détourne la tête, incapable d'affronter son regard. Comment peut-elle continuer d'être aussi gentille après tout ça ? Après les ennuis et la douleur que je lui ai causés ?

— Arrête de culpabiliser, m'implore-t-elle d'une voix brisée, les yeux embués de larmes. Tu ne pouvais pas deviner que ça arriverait.

Je la regarde dans les yeux. Je ne sais pas comment elle peut pleurer pour moi. Je suis un mort vivant, et elle un océan d'émotions.

— Tu crois ça ? demandé-je avec amertume.

Des images de mon passé défilent dans ma mémoire. Chaque accord foireux, chaque ennemi vengeur. Tout a mené à ce moment.

— Tu as besoin de sécurité.

— Non, j'ai besoin de toi, murmure-t-elle en me touchant la main.

Je me dégage, comme si son contact me brûlait.

— Besoin de moi ? Tu ne sais pas dans quoi tu t'engages.

Je lis le chagrin dans son regard, et ma culpabilité grandit.

— C'est possible, dit-elle en posant les yeux sur ses pieds, avant d'affronter de nouveau mon regard. Mais je sais que mes sentiments pour toi ne changeront pas juste à cause de ce qui s'est passé dans cette ruelle.

Putain. Cette fille. Je ne la mérite pas du tout.

Une infirmière pénètre dans la salle d'attente et s'adresse à Léo et moi :

— Il a quitté le bloc. Nous avons extrait la balle de sa...

Je bondis sur mes pieds et me dirige droit vers sa chambre sans demander la permission. Hannah m'emboîte le pas. Léo reste avec l'infirmière pour écouter son rapport.

J'ai besoin de voir de mes propres yeux qu'il va bien.

— Salut, tous les deux, nous lance faiblement Marco depuis son lit d'hôpital. Apparemment, j'avais juste une balle dans la fesse. Je savais que j'avais un beau cul, mais je n'imaginais pas qu'il serait pris pour cible comme ça !

Il rit tant bien que mal, vu la douleur qu'il éprouve.

Je m'efforce de sourire, reconnaissant qu'il essaye de détendre l'atmosphère malgré ses souffrances. Son rire est comme un antidote à la lourdeur dans ma poitrine. Il a beau essayer de faire bonne figure, je vois ses traits tirés. Il est évident qu'il cherche à nous rassurer.

— Bonne blague, *primo*, dis-je avec un demi-sourire.

— Allez, Hannah. Mes blagues ne te font peut-être pas rire, mais accorde-moi au moins un sourire, dit Marco en la regardant.

— Seulement parce que tu es blessé, alors.

Son sourire pourrait illuminer la plus sombre des cellules de prison.

— Hé, je prends, plaisante-t-il, avant de grimacer en changeant de position sur son lit.

— Merci, Marco, dis-je d'un ton sincère. D'avoir pris cette balle.

— Oui, merci, intervient Hannah. Je sais qu'elle aurait pu me toucher. Tu m'as sauvé la vie.

Il hausse les épaules.

— Pas de quoi. J'évolue dans ce milieu depuis assez longtemps pour être conscient des risques. Je ne suis pas un pauvre civil innocent qui se serait retrouvé mêlé à tes histoires, Armando. J'ai fait des choix.

Malgré ce que dit mon cousin, la culpabilité me dévore comme un loup affamé. Je serre les poings et détourne le regard, luttant contre mon envie d'exploser et de tuer quelqu'un.

— Marco n'avait rien à faire là. C'est moi qui aurais dû être dans cette ruelle. Cette balle m'était destinée.

— Armando, tu ne peux pas...

Hannah est interrompue par l'entrée soudaine du frère de Marco, Léo.

— Bon sang, mais qu'est-ce qui s'est passé ? demande-t-il en pénétrant dans la chambre.

— Je me suis pris une balle dans le cul.

Léo lâche un rire rauque.

— Ouais, on m'a dit ça. Au moins, elle a rien touché d'important.

— Ha ha, très drôle, réplique Marco avec un sourire triste. J'ai fait ce que j'avais à faire.

— Du coup tu te retrouves avec un deuxième trou ? demande Léo. Ça fait de toi un double trou du cul.

— C'est ça, continue, petit frère, gronde Marco.

— Écoute, interviens-je en m'adressant à Léo. C'est un vrai bordel. Je vais tout arranger. C'est promis.

Le poids de mes responsabilités pèse encore plus lourdement sur mes épaules. Je jette un regard à Hannah, qui m'examine comme si elle percevait ce que je ressens. Je suis sûr que c'est le cas. Cette fille a une empathie impressionnante.

Je n'arrive pas à lire dans ses pensées.

Léo cesse de taquiner son frère pour se tourner vers moi.

— Tu peux compter sur moi pour t'aider à trouver les salauds qui ont terni les fesses parfaites de mon frère.

Il ajoute d'un air plus sérieux :

— On va s'assurer qu'ils regrettent d'avoir défié notre famille.

Tandis que nous élaborons des projets de vengeance, Marco nous interrompt, grimaçant en se redressant.

— Avant de jouer les vengeurs, il y a quelque chose que vous devriez prendre en compte.

Il fait un signe de tête en direction d'Hannah.

— Il vaut peut-être mieux qu'elle quitte la ville un moment, elle aussi. Comme ta mère.

— C'est hors de question, répond aussitôt Hannah d'un ton implacable.

Bon sang, Marco a raison. Si quelqu'un fait le lien entre elle et moi, elle deviendra une cible. Les *stronzi* qui veulent ma mort se trouvaient derrière sa boutique. Ils ont peut-être déjà fait le lien entre nous.

Mais ils m'attendaient peut-être simplement là à cause du salon de Rocco. Car c'est quand je sortais de chez le barbier qu'ils m'ont trouvé, la dernière fois.

Hannah pose les mains sur ses hanches.

— Non, insiste-t-elle. J'ai une entreprise à faire tourner. Je n'irai nulle part.

Je suis une vraie ordure, car pour être honnête, je ne veux pas qu'elle s'en aille. Je veux continuer de me cacher chez elle. Je ne veux pas m'en séparer. Hannah est la seule touche de couleur dans ma vie en noir et blanc.

— Je ne pense pas que ce soit une cible. C'est seulement moi qu'ils visent.

— C'est vrai, confirme Marco. Je les ai entendu crier « c'est pas lui » après m'avoir tiré dessus.

Un soupçon de soulagement se forme dans ma poitrine.

— Bonne nouvelle. Hannah peut rester, dans ce cas.

Elle me rejoint, et je la serre dans mes bras, humant l'odeur de ses cheveux – un mélange de fleurs fraîches et de vanille chaude.

— Tu restes, mais il va falloir qu'on prenne des précautions supplémentaires.

— D'accord, chuchote-t-elle en m'étreignant avec force.

— Bon, ça marche, intervient Léo d'un air toujours aussi sérieux. On va s'assurer de la garder en sécurité pendant que tu t'occupes de ça. Et je t'aiderai à leur rendre la monnaie de leur pièce, Armando.

— Hé, ne m'oubliez pas, lance Marco, qui tente de sourire malgré la douleur qui marque ses traits. Je suis tombé, mais je ne suis pas mort. Je serai bientôt sur pieds. Et c'est moi qui me vengerai.

Il bâille.

— Mais pour l'instant, je veux juste fermer les yeux et profiter des antidouleurs.

Adossé au mur, Léo croise les bras.

— Ouais, mec, et toutes les infirmières vont se battre pour changer tes bandages.

— Je devrais peut-être me faire tirer dessus plus souvent, hein ?

Marco rit, avant de grimacer sous l'effort.

— Évite les fesses, la prochaine fois. Niveau coolitude, tu peux faire mieux, raillé-je, faisant rire toutes les personnes présentes.

— OK, OK, assez plaisanté, dit Marco en reprenant son souffle. Mais plus sérieusement, Mando, promets-moi que tu ne feras pas cavalier seul, sur ce coup-là. On est une équipe, tu te souviens ?

— Ouais.

La pièce plonge dans le silence tandis que je hoche la tête et soutiens le regard de mon cousin.

— Je te le promets.

Je prends Hannah par la main et la mène hors de la chambre.

— Rentrons à la maison, dis-je.

Chapitre Trois

Armando

— On va te mettre sous la douche, annoncé-je en poussant Hannah dans la salle de bains.

Lorsque ma main touche le creux de ses reins, je la sens trembler. Merde. Elle est sans doute toujours sous le choc.

Je déteste la voir couverte de sang. Je sais que ce n'est pas le sien, mais ça me rend malade de penser à ce qui serait arrivé si Marco n'avait pas été là pour prendre cette balle.

Je la guide sous la douche, allume l'eau et ajuste la température jusqu'à ce qu'elle soit bien chaude, mais pas brûlante. Elle reste sous le jet, yeux fermés, enveloppée dans la vapeur alors que l'eau cascade sur son corps. Je vois la tension quitter ses épaules tandis qu'elle se détend, et l'espace d'un instant, je m'autorise à oublier la peur qui me tenaille depuis que je l'ai trouvée dans la ruelle avec Marco.

Elle renverse la tête en arrière et laisse l'eau tremper ses cheveux. Je ramasse son gel douche et le fais mousser entre mes mains avant de masser doucement sa chair nue.

— Tu vas bien ? demandé-je d'une voix rauque. Vraiment bien ?

Elle hoche la tête. Elle est saine et sauve, du moins pour l'instant. Je sais que je ne peux pas rester dans sa vie beaucoup plus longtemps. Pas si je la mêle à ce genre d'emmerdes.

— Ne t'inquiète pas, murmuré-je. Je ne te mettrai plus en danger. C'est promis.

Il y a vingt-quatre heures, je n'aurais pas été capable de la savonner sans avoir envie de la pénétrer. Voir la mousse couler sur sa peau noire me donne une érection, mais je me concentre sur mon objectif. Pour l'instant, tout ce que je désire, c'est la rassurer. L'envelopper dans une couverture moelleuse et chasser les monstres qui lui font peur.

Une fois qu'elle est propre, je l'aide à sortir de la douche et je passe une serviette autour d'elle. Je la mène dans la partie chambre et lui fais enfiler un pyjama avant de la mettre au lit.

— Je vais bien, Armando, insiste-t-elle à nouveau.

Je m'assois à ses côtés, incapable de m'ôter la fusillade de la tête. La flaque de sang sous le corps de Marco. Il a pris une balle pour Hannah. Et je sais qu'il le referait sans hésiter.

Elle n'aurait jamais dû être mêlée à ça. Elle n'aurait jamais dû me voir ôter la vie d'un homme sur le sol de sa boutique. Elle n'aurait jamais dû essuyer des tirs dans cette ruelle.

Elle est innocente, et nous ne mêlons jamais les innocents à nos histoires. Et surtout pas les femmes.

Bordel. Je me lève.

— Endors-toi, dis-je d'un ton bourru.

Elle me saisit la main pour m'empêcher de m'éloigner.

— Ne pars pas. Viens au lit avec moi.

Oh, la tentation. Elle me regarde avec ses grands yeux bruns. Si belle sous les draps.

Mais ce n'est pas du sexe qu'il lui faut, là. C'est de l'affection.

Je me débarrasse de mon pantalon et me glisse à ses côtés. Elle se pelotonne contre mon torse, une main posée sur mon cœur. Son souffle, qui lui soulève la poitrine en rythme, m'apaise.

Je reste allongé là, le regard braqué sur le plafond tandis que je ressasse les événements de la journée.

Je n'aurais jamais dû me rapprocher de cette fille. J'ai l'impression de signer son arrêt de mort.

Être avec moi, ça revient à se jeter dans les bras de la Faucheuse.

Bon sang, je devrais m'en aller...

— Qu'est-ce qui va se passer, maintenant ?

Je n'ai pas de réponse à lui apporter. Tout ce que je sais, c'est que je ne peux plus la mettre en danger. Je ne peux pas continuer comme ça éternellement.

— Je ne sais pas, admets-je. Mais je vais trouver une solution. Je ne laisserai rien t'arriver. La personne qui vous a tiré dessus va mourir. Je lui arracherai la tête à mains nues.

Je la sens se crisper.

— Désolé.

Je ferais mieux de lui épargner les détails de mon projet de vengeance.

— Ce que je voulais dire, c'est que ce qui est arrivé aujourd'hui ne se reproduira plus.

Elle hoche la tête, tremblante. Son regard ne révèle ni peur ni révulsion à mon égard. Non, il s'agit de la femme qui m'a vu tuer un homme et qui m'a embrassé quand même.

Je me penche et goûte à sa bouche.

Lorsque ses lèvres s'entrouvrent, mon baiser devient plus passionné, et j'explore ses recoins sucrés avec ma langue. Elle est réceptive. Son corps se presse contre le mien avec impatience. Nos souffles deviennent saccadés alors que nous continuons de nous embrasser, perdus dans la sensation enivrante de nos caresses.

Je glisse les mains le long de son dos pour la serrer contre moi. Ses seins se collent à ma poitrine, et un gémissement lui échappe.

Je recule un instant pour reprendre mon souffle, mes yeux plongés dans les siens tandis que je passe la main dans ses cheveux. Nous nous perdons l'un dans l'autre, et le monde extérieur n'existe plus. Je me penche pour l'embrasser à nouveau, puis je lui grimpe dessus et caresse son corps. Elle répond avec ferveur, faisant onduler son bassin contre le mien. Je sens sa culotte mouillée, et je deviens dur comme du bois.

Nous ôtons tous les deux le reste de nos vêtements avec lenteur, incapable de supporter cette barrière entre nos peaux.

Je dépose une pluie de baisers le long de son corps, commençant par son cou avant de descendre jusqu'à ses seins, jusqu'au triangle de poils noirs et doux entre ses cuisses. Je l'y embrasse avec douceur d'abord, puis j'écarte ses lèvres avec ma langue et plonge en elle pour la goûter.

Elle pousse une exclamation et saisit ma tête, le dos cambré. Je continue de l'explorer, lapant ses fluides. Elle halète, puis émet un gémissement aigu en refermant les mains sur mes cheveux.

Je lui écarte les jambes davantage et caresse doucement ses replis avec ma langue. Elle frémit.

— Oh, Seigneur, dit-elle dans un souffle tremblant.

Je glisse les bras sous ses cuisses et passe ses jambes sur

mes épaules. Sa respiration s'accélère alors que ma langue stimule son clitoris. Elle plante ses ongles dans mon dos, cambrée à cause des caresses de ma langue sur son bouton sensible. Tout son corps se tend alors que mes mouvements deviennent plus rapides, ses muscles crispés tandis que je la pousse vers la jouissance.

Je continue mes assauts sur son clitoris, traçant des cercles avec ma langue. J'alterne entre les lapements et les suçotements alors que j'entends sa respiration devenir plus profonde et tremblante.

— Je vais jouir, bredouille-t-elle.

Tout son corps s'agite, à présent, et ses muscles se tendent et se relâchent dans un puissant orgasme. Ses fluides coulent dans ma bouche tandis qu'elle pousse un gémissement sonore.

Je continue jusqu'à ce qu'elle ait terminé, puis je m'assois et l'observe. Elle respire fort, et sa poitrine se soulève dans un rythme soutenu. Elle me passe un bras autour du cou pour m'embrasser.

Je prends un préservatif dans la table de chevet. Je déchire l'emballage avec les dents et enfile le préservatif. Je place de nouveau les jambes d'Hannah sur mes épaules, mon regard profondément plongé dans le sien lorsque je la pénètre d'un seul coup. Nous haletons ensemble, perdus dans la sensation de nos corps qui s'unissent. Je me retire et m'enfonce de nouveau en elle. Je lui donne un troisième coup de reins, chaque va-et-vient plus puissant que le précédent.

Elle tire ma tête vers la sienne et m'embrasse, ses lèvres jointes aux miennes dans un baiser fort et expressif alors que nous continuons de faire l'amour.

Nous ne nous contentons pas de baiser. Nous faisons

l'amour. C'est ma pénitence pour tout ce que je lui ai fait traverser.

Elle interrompt notre baiser pour poser son front contre le mien, et nous continuons de bouger à l'unisson. Son souffle est brûlant sur mon visage. Mon désir monte, et je me mets à aller et venir plus vite et plus fort. Je commence à sentir le fourmillement familier dans mon entrejambe tandis qu'Hannah gémit et pousse des plaintes, la respiration de plus en plus saccadée. Nous touchons tous les deux au but, et elle enserre ma taille avec ses jambes. Je lui donne un dernier coup de reins. Nous explosons dans une série de gémissements et de grognements, surfant sur la vague de plaisir jusqu'à ce qu'elle se brise. Je me retire doucement et m'allonge à côté d'elle. Nous tentons tous les deux de reprendre notre souffle.

Elle se tourne vers moi et se blottit contre mon corps échauffé. Je glisse un bras autour d'elle et la serre contre moi. Malgré le fiasco de cette journée, c'est agréable.

D'être là, avec Hannah. De sentir ce lien entre nous.

Pourtant, c'est justement à ça que je dois renoncer si je tiens à elle.

Lorsqu'elle pose de nouveau sa tête sur mon torse, je sens son corps se détendre et sa respiration devenir plus lente et régulière. Ses yeux se ferment, et je sais qu'elle a enfin cédé face à l'épuisement qui menace de l'emporter depuis que je l'ai trouvée dans la ruelle.

Je reste allongé là, sans cesser de l'étreindre, et je ne peux pas m'empêcher de me dire qu'il est ironique que la seule femme que je devrais tenir éloignée de moi soit justement celle dont je ne peux pas me passer.

Chapitre Quatre

Hannah

Je me réveille dans les bras d'Armando. La pièce est plongée dans le noir, et sa respiration profonde m'indique qu'il dort depuis un bon moment.

Je devrais avoir peur de cet homme. Être terrifiée de la situation dans laquelle je me retrouve. Je ne sais même pas comment définir ma relation avec Armando. Suis-je toujours sa prisonnière ? Sa petite amie ?

Est-il seulement ici car il a besoin d'une cachette ? S'assure-t-il toujours que je ne le dénonce pas ?

Ou a-t-il envie d'être ici ? Avec moi ?

L'idiote en moi veut croire que je lui fais du bien. Que je suis comme un parechoc entre lui et sa vie criminelle.

Je sais que c'est complètement tordu, mais c'est la vérité. Je veux compter à ses yeux. Je veux savoir qu'il a autant besoin de moi que moi de lui.

Son bras se serre autour de moi. C'est un geste possessif, comme s'il craignait que je m'enfuie.

J'ai l'impression qu'une éternité s'est écoulée depuis qu'il a débarqué dans ma boutique.

Tant de peur. D'inconnu. De plaisir. De désir. Et même de tendresse.

Oui, de tendresse de la part du tueur dans mon lit.

À présent, allongée dans ses bras, je ne peux pas m'empêcher de me sentir étrangement réconfortée. Comme si j'étais enfin protégée du monde extérieur. Ce monde qui me jugerait d'être ici. Ce monde qui ne comprend pas le lien qui s'est formé entre nous.

Le comprends-je moi-même ?

Je me tourne vers lui pour le regarder, et il bouge dans son sommeil. Ses paupières s'ouvrent, et il sourit en me voyant l'observer. Je sens une vague de chaleur submerger mon corps. C'est dingue, je sais. Mais je ne peux pas lutter contre mes sentiments. Je l'aime. Je sais que je ne devrais pas, mais je n'y peux rien.

— Tu n'arrives pas à dormir ? murmure-t-il en m'étreignant davantage.

Je secoue la tête, incapable de trouver les mots pour exprimer ce que je ressens. Je me contente de le dévisager, et lorsqu'il m'observe en retour, j'ai l'impression qu'il examine attentivement mon expression. Il se penche sur moi et ses lèvres effleurent les miennes, envoyant un frisson le long de ma colonne vertébrale. Je réagis au quart de tour et me colle à lui.

En cet instant, j'oublie tout ce qui nous entoure. Le contrat sur sa tête. La fusillade dans la ruelle. Le risque qu'Armando viole sa liberté conditionnelle et retourne en prison.

J'interromps notre baiser, m'écartant juste assez pour pouvoir tracer de petits cercles sur sa poitrine.

— Je réfléchissais, réponds-je dans un souffle, car je ne

veux pas briser la magie de ce moment.

Armando hoche la tête, et ses yeux sondent les miens.

— À quoi ?

— Au fait que je me sens très proche de toi. Et à ce qui va se passer ensuite.

Il garde le silence un moment, son expression indé-chiffrable.

— Je n'ai pas de réponses à t'apporter, Pâquerette. Je ne sais pas.

— Je sais, dis-je en vitesse. Bien sûr que tu ne sais pas. Oublie ça.

— Il y a bien une chose que je sais...

Sa main descend jusqu'à ma cuisse.

Je retiens mon souffle en sentant ses doigts effleurer ma jambe. Ma peau se couvre de chair de poule sous ses caresses.

J'écarte les cuisses pour l'encourager à s'approcher de mon sexe.

Sa main atteint l'élastique de ma culotte.

— Tu es un vrai cadeau, dit-il.

Chaque cellule de mon corps fête son aveu. Sa confir-mation que je compte à ses yeux. Que j'apporte quelque chose à sa vie. Qu'il a besoin de moi.

— Tu es un putain de cadeau, et je te désire encore plus qu'avant.

Ses doigts glissent sous le tissu de ma culotte et trouvent de nouveau mon clitoris gonflé. Je halète lorsqu'un courant électrique me traverse.

Tout mon corps frétille d'impatience lorsqu'il glisse un doigt en moi. Il l'enfonce profondément, avant d'aller et venir en rythme. Mon corps sait quoi faire. Il sait comment répondre à ses caresses. C'est ainsi depuis que je l'ai rencontré.

— Merci de m'accepter, dit-il en caressant mes parois internes. J'adore la façon dont tu te soumets à moi. C'est enivrant. Avec toi, j'en veux toujours plus.

Il hume l'odeur de mes cheveux.

— Toujours, répète-t-il.

J'ai réalisé qu'Armando et moi ne trouvions pas toujours les bons mots, car nous apprenions tout juste à communiquer ensemble. Mais une chose est sûre.

Nos corps savent se parler.

Mieux que nos mots.

Je laisse échapper un gémissement alors que son doigt va et vient en moi.

— Plus, susurré-je sans détacher mes yeux des siens.

— Plus ? répète-t-il avec un petit sourire.

— J'en veux plus. Je veux te sentir en moi. J'ai besoin de toi, admets-je la voix serrée.

Je n'ai jamais trouvé facile d'exprimer mes besoins et mes désirs sexuels. Mais Armando fait ressortir une facette de moi dont j'ignorais l'existence.

Une facette qui ne se lasse pas de ses caresses.

— Je sais ce qu'il te faut, Pâquerette.

Il me fait rouler sur le dos et me coince les avant-bras le long de mon corps.

— Oui, soupiré-je, enthousiasmée par son côté dominateur.

— Tu veux que je te baise ?

— Oui, réponds-je aussitôt.

— Tu veux que je te baise bien fort, bébé ?

— Oui, s'il te plaît.

— Tu l'auras voulu.

Il fait glisser ma culotte le long de mes cuisses et la jette par terre, avant de me saisir les chevilles et de pousser mes jambes en direction de la tête de lit. Je me tortille de plaisir lorsqu'il m'écarte les cuisses, exposant mon sexe à son regard avide.

— Putain, tu es trempée pour moi, gronde-t-il en pressant les lèvres contre ma jambe, avant de remonter jusqu'à mon entrejambe. Tu es trempée et prête pour moi, hein ?

Il n'attend pas de réponse. Sa bouche atterrit sur mon clitoris, qu'il suçote. Sa langue chaude me caresse, me torture délicieusement.

Je serre les paupières, le corps brûlant alors qu'un éclair me parcourt l'échine. Je halète lorsqu'il enfonce profondément sa langue en moi, puis je grogne lorsqu'elle glisse sur mon clitoris engorgé. Je me contracte et frémis contre sa bouche.

Il introduit deux doigts en moi, et je me serre sur eux. Je touche au but.

— Mets-la en moi, soufflé-je, car j'ai du mal à trouver ma voix.

— Que je mette quoi en toi ?

Ses doigts plongent encore plus profondément, me rendant folle. Il m'oblige à le supplier.

J'obéis.

— Ta queue. Je la veux. J'en ai besoin.

— Lentement et doucement ?

— Oui, réponds-je.

— Tu en es sûre ? Tu ne préfères pas vite et fort ? me taquine-t-il.

— Comme tu préfères. Du moment que tu me baises.

Mon cœur tambourine dans ma poitrine. Mon sang bouillonne dans mes veines.

Je n'ai jamais eu une personnalité addictive. Je ne bois pas. Je ne fume pas. Rien ne m'a jamais obsédée.

Jusqu'à Armando.

Je suis complètement accro à lui.

Et je suis terrifiée à l'idée qu'il me brise le cœur.

Chapitre Cinq

Hannah

Le soleil filtre à travers les rideaux fins de mon petit appartement, baignant la pièce d'une douce lueur.

J'entends la douche couler, et savoir qu'Armando est toujours là m'apaise.

Je me lève et m'affaire sans but réel dans la chambre, ramassant nos vêtements éparpillés sans réfléchir. Non, ce n'est pas vrai. J'*essaye* de ne pas réfléchir, mais les événements de la veille tournent en boucle dans ma tête. Le crissement soudain des pneus, les coups de feu assourdissants et les yeux pleins de douleur de Marco me hantent.

Quelqu'un veut la mort d'Armando.

Cette idée me terrifie. Je regarde le sol, à la recherche de réponses qui ne s'y trouvent pas.

Comme par magie, la porte de la salle de bains s'entrouvre, et Armando sort de la pièce, ses cheveux mouillés lissés en arrière. Il est impeccablement vêtu d'un costume sur mesure, et son apparence est aussi puissante et dangereuse qu'il l'est vraiment. C'est comme si les événements d'hier n'étaient jamais arrivés, comme s'il était intouchable. Comme d'habitude, sa présence me rassure et m'intimide à la fois.

— Bonjour, Pâquerette, dit-il d'un ton calme.

Ses yeux m'examinent de la tête aux pieds. Sa voix de velours chasse une partie de l'angoisse qui me ronge depuis mon réveil. Mais son attitude stoïque me rappelle également que cette violence n'est pas nouvelle pour lui ; elle fait partie de sa vie.

— Bonjour, réponds-je, tentant de prendre une voix calme. Comment va Marco ?

— Il est en vie, répond-il simplement, son expression toujours aussi calme et nonchalante. Il va s'en remettre. Ce n'est pas la première fois qu'il se fait tirer dessus.

Il y a une pointe d'amertume dans ses mots, qui me dissuade de l'interroger davantage. Mais je ne peux pas m'en empêcher :

— Il a dit combien de temps il resterait hospitalisé ? J'envisageais de lui envoyer des fleurs.

— Ne fais pas ça. Je ne veux pas que tu sois vue avec lui. Oui avec moi. Je ne veux pas que qui que ce soit fasse le lien. D'accord ?

— Ta vie sera toujours comme ça ? Nous serons constamment en danger ?

Une lueur sombre et presque vulnérable passe dans ses yeux avant qu'il se détourne.

— Il n'y a pas de *nous*, Hannah, dit-il d'un ton pressé en me tournant le dos. À cause du danger, justement. Je suis désolé de t'avoir entraînée là-dedans, mais je vais te tenir à l'écart de tout le reste.

Bien sûr. Pas de *nous*.

Armando pivote, et il doit voir mon chagrin, car il se

dirige vers moi, me prend dans ses bras et me serre contre lui. Mon visage est collé à sa poitrine, et les battements réguliers de son cœur résonnent dans mon oreille. Ils me réconfortent, me ramènent sur terre.

— Je suis désolé de t'avoir mêlée à mes histoires.

Sa voix est tendue, mais ses doigts me caressent le dos.

— Je crois que mon adrénaline d'hier est en train de disparaître. J'ai… peur, admets-je, les mains serrées sur le tissu de sa veste. Pas pour moi, mais pour toi.

Il laisse échapper un rire surpris.

— Pour moi ? Ne t'inquiète pas pour ça, bébé. L'Organisation… elle fait partie de moi. Le danger est présent chaque jour. Ça ne changera pas. Je ne peux pas quitter ce monde, même si je le voulais.

Sa voix se brise légèrement, trahissant la douleur qu'il ressent en admettant cette vérité.

— C'est ce que tu es, alors ? Un homme constamment entouré par la violence et la peur ?

Je veux comprendre l'ampleur de son implication dans la mafia, tout en espérant ne pas avoir l'air de le juger.

— Malheureusement, oui, dit-il en me serrant plus fort. Je suis né dans ce milieu, et j'ai fait des choses dont je ne suis pas fier. Mais je ne veux pas que ça t'atteigne encore plus, Hannah. Tu mérites mieux.

Mes yeux s'embuent.

Je sais qu'il est en train de me dire qu'il tient à moi, mais il me repousse également. Il me met à l'écart. Il me dit que nous n'avons pas d'avenir.

— Ce n'est pas parce que j'ai peur que…

Je m'interromps. Je ne sais pas très bien quoi dire.

— Armando, je me fiche de ton passé ou de ton identité.

Il semble retenir son souffle.

— Tu ne devrais pas.

Sa voix est dure. Sombre.

— Je sais ce que je mérite. Et pour l'instant, c'est toi, affirmé-je.

Ma poitrine se serre à l'idée d'un avenir plein de violence et de peur, mais je ne peux pas imaginer ma vie sans lui. Je sais qu'il n'a pas choisi de naître dans ce milieu, et je ne veux pas lui demander de changer. Je ne peux cependant pas ignorer le fait qu'en étant avec lui, j'accepte de mener une vie qui ne sera jamais exempte de danger.

Affronter cette réalité ne signifie pas que je doive la fuir.

— Je te promets de faire tout ce qui est en mon pouvoir pour te garder en sécurité. Ce qui est arrivé hier ne restera pas impuni. Je m'assurerai que tu ne sois plus jamais prise pour cible.

Armando serre les mâchoires, et je vois son instinct protecteur enfler en lui.

Il me dévisage un long moment, le poids de son passé visible dans ses yeux. Son souffle est chaud sur ma peau. Quelque chose change dans son expression, et une étincelle apparaît dans son regard.

Armando

Je prends le métro jusqu'au chantier et vais voir le chef d'équipe, Larry. Il me toise. Je porte un costume-cravate, ce qui n'est pas très approprié pour un employé du bâtiment. Mais ce n'est pas inapproprié pour un lieutenant de la mafia, et je tiens à ce qu'il pige à qui il a affaire.

— Ouais, d'accord. Sur les registres, vous apparaissez

comme chef de chantier. S'il y a une inspection, ayez l'air professionnel. Vous avez déjà la tenue qui va avec le poste, c'est bien. À part ça... vous pouvez faire ce que vous voulez. Mais je suis sûr que vous le savez déjà.

Je hoche la tête.

— Oui. Bien sûr. Alors je suis censé être votre supérieur ?

Ses narines se dilatent.

— En effet. Les vrais chefs de chantier supervisent plusieurs sites. Mais ici, c'est moi qui gère tout.

Je fourre les mains dans mes poches pour sembler moins menaçant. Je ne suis pas très doué pour ça, mais quelque part au fond de moi se cache un homme qui savait feindre la nonchalance.

— Bon, alors je vais peut-être vous suivre... histoire d'apprendre les ficelles du métier ?

Qu'est-ce que je pourrais faire d'autre ? J'ai passé quatre ans et demi à m'ennuyer. Maintenant que je suis libre, je ne veux pas me tourner les pouces. En plus, je veux éviter de penser au fait qu'Hannah a failli se faire tirer dessus. À ça, et à nos parties de jambes en l'air incroyables hier soir et ce matin.

Bien sûr, Larry n'est pas content de mon idée. Pas content du tout. Je le sais, car il se raidit durant quelques secondes avant de répondre d'une voix étranglée :

— Bon, d'accord.

Il est obligé d'être *d'accord*. Personne n'osera me faire chier, ici. Leur syndicat est sous le contrôle de la famille Pachino.

Je le suis partout et me montre attentif. Je me présente aux gars quand Larry omet de le faire. Non que je sois soudain d'humeur sociable. Et puis quoi encore ! Mais je fais un effort.

— C'est le chef de chantier approuvé par le syndicat, précise Larry à chaque fois, pour leur faire comprendre qui je suis vraiment.

Un mafieux là pour soutirer un salaire à leur employeur sans rien faire de mes dix doigts.

Mais je pourrais les surprendre. Je ne me contenterai peut-être pas de passer mes journées à envoyer des textos à mes potes. Ou peut-être que si. Qui sait ? En tout cas, j'ai envie de travailler. J'ai dû prendre sur moi pour ne pas trop mettre mon nez dans l'entreprise d'Hannah. Pour ne pas lui faire part de toutes les idées que j'ai pour sa boutique.

Ce ne serait pas correct. Elle n'a pas besoin que je vienne tout régenter. Il faut qu'elle règle ses problèmes elle-même, sinon elle ne se sentira jamais légitime en tant que patronne. Mais bon sang, j'ai très envie de l'aider.

Un grand type noir d'une cinquantaine d'années vient parler à Larry. Lorsque je me présente, je découvre qu'il s'appelle Harold et qu'il est électricien.

Je vois bien qu'il est réticent à l'idée de parler à son chef.

— Écoute, Larry, je suis souvent essoufflé ces derniers temps, et ma femme m'a pris un rendez-vous chez un médecin à l'hôpital cette après-midi. Je sais que je préviens au dernier moment et qu'on a un délai à respecter, mais...

— C'est non, Harold. Hors de question. Tu sais bien qu'on doit finir de mettre en place le réseau électrique aujourd'hui, sinon on ne passera pas l'inspection.

J'ignore si j'ai simplement envie d'emmerder Larry ou si je veux asseoir mon autorité, mais j'interviens. Après tout, techniquement, c'est moi le patron, non ?

— Laissez-le terminer, dis-je. Il a peut-être un plan pour que tout soit prêt à temps.

Je me tourne vers Harold.

— C'est le cas ?

— Oui, me répond-il d'un ton agacé. J'allais justement dire que je devrais avoir fini pour le déjeuner, et que s'il y avait un souci pendant l'inspection, Chad pourrait s'en charger.

— Chad n'est pas capable de gérer un truc aussi important, répond Larry. C'est non.

Je ne sais pas s'il est fâché que je m'en sois mêlé, ou si c'est juste un con. Il va sur ses quarante ans. Bel homme. Il a sans doute une jolie épouse et un gamin.

J'ai déjà envie de lui péter les dents, et je suis certain que c'est réciproque.

— Être essoufflé, ça peut être grave, insisté-je. Vous feriez mieux d'aller à votre rendez-vous, Harold.

Va te faire foutre, Larry.

Ce dernier devient rouge écrevisse.

— S'il y a un problème pendant l'inspection et que Chad n'est pas en mesure de s'en occuper, on peut vous appeler sur votre portable ? demandé-je en sortant mon téléphone.

Harold semble soulagé.

— Bien sûr. Il me donne son numéro pendant que Larry se balance d'un pied sur l'autre avec la tête de quelqu'un qui est en train de se prendre un fist anal.

Ce n'est sans doute pas très malin de ma part de me mettre le chef d'équipe à dos dès le premier jour. Mais bon, personne ne peut rien me faire. Non que j'aie besoin de l'aide de l'Organisation dans ce genre de situation, mais les Pachino ont suffisamment semé la peur au sein des syndicats au cours des trente dernières années pour que personne n'ose me faire la moindre remarque.

Et je commence presque à m'amuser. Peut-être que le mâle alpha en moi avait simplement besoin de faire chier quelqu'un. En plus, je sais que j'ai raison. Pourquoi un chef d'équipe refuserait-il à un type à bout de souffle d'aller à un rendez-vous chez le médecin ? C'est tordu.

— Montrez-moi qui est Chad, demandé-je à Harold.

Je le suis à l'intérieur du bâtiment. Je vais assurer à ce boulot. Parce qu'en ce moment, c'est tout ce que j'ai.

Sauf si je compte Hannah. Enfin, bien sûr que je compte Hannah, mais je ne peux pas vraiment considérer qu'elle est à moi.

D'accord, je l'ai revendiquée dès le début. Et elle s'est clairement laissé faire. Mais je n'ai rien à lui offrir. Je ne peux pas être son petit ami. Pas avec le gang qui a fusillé mon appartement, la tentative de meurtre sur mon cousin, et mes émotions au point mort.

Elle mérite mieux que ça.

Ce qui signifie... merde. Je devrais sans doute lui foutre la paix. Tout arrêter bien proprement avant qu'elle paye les pots cassés.

Le hic, c'est que je suis beaucoup trop égoïste pour faire une chose pareille.

Car cette fille est la seule chose qui illumine un tant soit peu ma vie, à présent.

Chapitre Six

Hannah

À 17 h 30, je range la boutique. Cette fois, c'est moi qui ai dit à Josie de partir plus tôt, car il n'y avait rien à faire, et sa présence me rendait nerveuse.

Je me sens toujours anxieuse après son départ. Mais la sensation est différente. Elle n'est pas causée par Josie, mais par Armando.

Parce que j'essaye de déterminer quoi faire. Devrais-je l'appeler pour lui demander à quelle heure il rentrera ? Je crois que je n'ai même pas son numéro de téléphone, ce qui est absurde. Sera-t-il chez moi à mon retour ? Sans doute. Il a laissé son sac de voyage chez moi.

Mais, et s'il n'est pas là ?

Pourquoi est-il parti ce matin ? Il m'a dit qu'il devait travailler, mais je ne sais même pas ce qu'il fait. C'est la personne la plus secrète que je connaisse.

Sans doute parce que c'est lui qui a le plus de choses à cacher.

Non que j'imagine qu'il soit allé braquer une banque de bon matin, mais on ne sait jamais. Il fait partie de la mafia. Tout est possible.

Le souvenir de sa lutte à mort dans ma boutique me repasse en tête. Il était calme, mais redoutable. Impressionnant. C'est bizarre, que je ne sois pas particulièrement dérangée par sa carrière ou ses actes passés ? Il y a aussi la fusillade d'hier, qui je l'avoue, m'a marquée, mais étrangement, je suis déjà passée à autre chose. Je devrais être terrifiée, mais je ne le suis pas. C'est peut-être grâce à l'homme en costume qui est resté posté devant ma boutique toute la journée, mais ma peur de ce matin s'est presque entièrement dissipée.

Ma seule véritable émotion de la journée, c'est le manque. Je me languis d'Armando.

À mes yeux, le danger ne le rend que plus séduisant. C'est un bad boy avec un code d'honneur. Il a des principes. Oui, il a déjà tué, mais seulement au combat. Comme un soldat.

Sauf que son armée est une famille sicilienne, pas un régiment du Gouvernement.

Je cherche peut-être à rationaliser tout ça, mais il n'empêche que je ne parviens pas à avoir des scrupules. Car j'aime ce que je ressens lorsque je laisse Armando me consumer.

Il choisit ce moment pour passer la porte de ma boutique.

Mon cœur fait un bond lorsque j'entends la clochette tinter. Il est élégant dans son costume, une main nonchalamment glissée dans sa poche.

Je me fige et retiens mon souffle face à cette image. Il se dirige vers moi sans un mot, saisit l'arrière de ma tête et me dévisage.

— Salut, dis-je dans un souffle.

Son regard parcourt mes traits, s'arrêtant sur le bijou de nez qu'il m'a offert juste avant que Marco se fasse tirer dessus. J'ai oublié de le remercier, avec tous ces rebondissements.

— Joli, dit-il.

Pas bavard, comme mec.

Puis il m'embrasse. Rien à voir avec nos baisers passionnés, ceux qui m'embrasent. Celui-ci est plus sensuel. Comme un baiser hollywoodien. Celui que l'on voit à la fin du film, quand le héros conquiert enfin l'héroïne et que la caméra tourne autour d'eux en musique.

Je ne lève pas les bras, les laissant simplement pendre de chaque côté de mon corps, savourant ce qu'il me donne. Le laissant prendre ce qu'il désire sans tenter d'en obtenir plus.

Quand il recule, la boutique semble tourner autour de moi, et Armando observe de nouveau l'anneau que je porte au nez.

— Il te plaît ?

Je retrouve mon souffle.

— Je l'adore.

Et ensuite, bête comme je suis, mes yeux s'emplissent de larmes. Car comme d'habitude, je me fais toute une montagne d'un cadeau qui ne signifie sans doute pas grand-chose.

— Je voulais te remercier plus tôt. Mais avec ce qui est arrivé à Marco, j'ai...

Il m'embrasse à nouveau. D'un geste puissant. Possessif.

Mes larmes le laissent de marbre. Pas dans le mauvais sens du terme, mais il ne relève pas, se contentant de me regarder comme s'il cherchait à sonder mon âme.

— À quoi tu penses ? demandé-je.

J'ai désespérément envie d'entrer dans sa tête, en cet instant.

— Je me demande si je devrais te ramener à la maison pour mettre ton lit à rude épreuve, ou plutôt t'emmener dîner.

Mon expression doit trahir mon plaisir, car il ajoute :

— Tu choisis le dîner, hein ?

En réalité, les deux me vont, du moment que je suis avec lui, mais une sortie ensemble me fait effectivement plaisir. Je glisse les bras autour de sa nuque et l'embrasse.

Nous sommes lancés. Sa faim dévorante reprend le dessus, et son baiser et ses caresses deviennent sauvages. Il plonge les mains sous ma robe pour me pétrir les fesses, et presque aussitôt, ses doigts se retrouvent dans ma culotte.

Je suis déjà mouillée. Ça a dû arriver dès qu'il a passé la porte. Mon corps semble lui appartenir. Il en est maître, et je n'ai qu'une envie, me donner à lui.

Mais c'est beaucoup trop dangereux. Je suis dépassée par les événements. D'un jour à l'autre, à présent, je réaliserai qu'il n'a pas l'intention d'aller plus loin avec moi.

Mais bon sang, n'est-ce pas ce grain de folie qu'il y a dans toutes les relations ? On n'a jamais la garantie que l'autre personne est sur la même longueur d'onde. On peut seulement espérer et faire de son mieux. Oui, c'est chaotique. Oui, ça finit souvent en rêves brisés.

Cette relation n'échappera sans doute pas à la règle. Je tente de me le rappeler à chaque souffle, et cela me provoque un mélange d'anxiété et de plaisir qui ne m'a toujours pas quittée, et qui malheureusement, ne fait que rendre l'expérience plus passionnante.

Armando représente toujours un danger pour moi, sauf que cette fois-ci, les conséquences pourraient être bien pires.

Je pourrais y laisser mon cœur.

Il promène sa bouche ouverte dans mon cou et me mord.

Sa voix n'est qu'un grondement sourd :

— Tu vas encore me laisser te baiser dans ta boutique ? Me défouler pour que je réussisse à tenir tout le dîner ?

Comme s'il risquait d'être en manque si nous ne couchions pas ensemble avant. Comme si je le rendais fou. C'est fort, de se sentir désirée à ce point. Je n'en avais encore jamais fait l'expérience.

— À ton avis ? répliqué-je.

Je veux faire parler cet homme. Découvrir si ses pensées sont en adéquation avec les émotions qu'il dégage.

— À mon avis, c'est ce que tu veux.

Il recule et défait sa ceinture.

Mes yeux suivent son geste, mi-menaçant, mi-sensuel.

— Oh, tu veux des coups de ceinture ?

Bon sang ! Est-ce que c'est ce que je veux ? Pas du tout. Sauf que... mon centre devient brûlant.

Il passe la ceinture autour de ma taille et s'en sert pour coller mon bassin au sien.

— Dis-moi, *bella*, qu'est-ce que tu veux que je fasse de ma ceinture ?

Un frisson me parcourt à l'idée qu'il me donne la fessée avec. Est-ce *vraiment* ce que je veux ? Je ne pense pas, mais mon corps n'est pas du même avis, et mon excitation atteint des sommets.

Il continue de parler tout en reculant jusqu'à la porte pour la verrouiller et placer l'écriteau sur *Fermé*. Son souffle est brûlant contre mon oreille.

— Tu veux que je la glisse autour de ta gorge pendant que je te prends par-derrière ? Hein ? Ou tu veux que je t'attache les poignets dans le dos ?

Oh la vache. Je n'avais même pas envisagé ces options. Elles m'effraient tout autant qu'elles m'excitent.

— Ou tu veux que je me contente de l'abattre sur ton cul ?

Cette fois, Armando perçoit le frisson qui monte en moi.

— Ne t'en fais pas, Pâquerette, je m'assurerai que ça te plaise.

Il fait descendre la ceinture sur mes fesses et me colle à lui. Je suis trempée, à présent. Nous venons à peine de commencer, et je perds déjà la tête. L'orgasme n'est pas loin.

Voilà l'effet que cet homme a sur moi.

C'est dingue.

Il me fait pivoter et me pousse jusqu'à la salle de pause.

— Je voulais te prendre dans ton lit. À quatre pattes, les cuisses écartées. Tu feras ça pour moi plus tard, ma belle ?

— Oui.

Je suis prête à lui promettre n'importe quoi, là. Je suis ivre de désir. Folle de lui.

Il soulève le bas de ma robe en coton.

— Tu portes toujours des robes courtes. Elles me font perdre la tête, Pâquerette. Ça me facilite la tâche, quand je veux frapper tes fesses nues jusqu'à ce qu'elles deviennent violettes.

Ce type ne parle jamais autant que quand il est question de sexe. Pas étonnant que ce soit le domaine où nous nous entendons le mieux. Il baisse ma culotte et m'assène quatre claques sur le derrière, avant de masser ma peau pour chasser la douleur.

— Tu es trop sexy. Trop belle.

Continue de parler, chef. Ses mots me font un bien fou. Je suis peut-être trop accro à lui. Je n'en sais rien. Car je bois ses paroles comme s'il s'agissait d'un élixir. Comme il n'est pas bavard, quand il parle, ça a du poids.

— Écarte, ordonne-t-il en laissant tomber ma culotte par terre.

Sa voix est grave et assurée. Je n'imagine pas comment qui que ce soit pourrait lui désobéir.

J'écarte les pieds et creuse le dos, encouragée par ses compliments. Il fait glisser sa ceinture entre mes jambes, le cuir collé à mon centre.

— Mmm, gémis-je.

Il ôte la ceinture et en abat le bout sur mon sexe.

Je lâche une exclamation. Ça brûle un peu, mais il y est allé doucement. Ce n'est pas vraiment douloureux.

— Tu aimes qu'on te fouette la chatte, ma petite ?

Seigneur. Voilà qu'il m'appelle *ma petite*. Pourquoi est-ce que ça me plaît à ce point ?

— N... non, mens-je.

Il remplace la ceinture par ses doigts et caresse ma fente. Elle est trempée.

— Moi, je crois que si. Tu veux que je te fouette les fesses avec ?

Mon halètement est audible. Je ne réponds pas.

— Hein ? Je pense que tu as envie d'essayer, n'est-ce pas ? Tu as peur, Pâquerette ?

Je hoche la tête. Je suis face à la table en formica, et sa surface mouchetée de gris semble onduler sous mes yeux.

Armando m'écarte les jambes davantage et s'empare de ma gorge pour coller mon dos à son torse. Son érection est pressée contre mes fesses à travers son pantalon.

— Tu aimes mêler un peu de douleur à ton plaisir, hein Hannah ? Ou tu préfères la peur ?

Ma peau brûlante se couvre de chair de poule. Je sais

déjà que je me mettrai à pleurer quand nous aurons terminé, car je ressens une pression dans le visage, des larmes dans ma gorge. Le fait que sa main y soit posée amplifie cette impression. Il ne me serre pas, mais il pourrait facilement le faire. Si ses doigts se refermaient, il pourrait m'ôter la vie d'un geste.

Il l'a sans doute déjà fait, je parie.

Oui, c'est le danger qui m'excite.

— La peur, murmuré-je.

Je ressens les choses trop intensément. Quand le sexe est combiné au danger, tout est démultiplié.

Il me mord l'oreille. Ce n'est pas un simple mordillement, mais une morsure presque trop forte.

— Tu as peur de ce que je vais te faire ?

Il est cruel, à jouer avec moi comme le diable face à sa proie.

— Oui.

— Trois coups, susurre-t-il en plaquant de nouveau mon buste à la table.

Je pousse une plainte. Oui, j'ai peur. Peur que ça fasse mal. Peur de me ridiculiser avec ma réaction. Peur de trop me dévoiler à cet homme qui prend énormément d'importance à mes yeux.

— Ensuite, je vais te baiser bien comme il faut. Et ensuite, je vais te traiter comme une princesse. *Capito* ?

Est-ce que j'ai compris ? Pas le moins du monde.

Mais je suis carrément partante. Une bouffée d'adrénaline envahit mes veines lorsqu'il fait un pas en arrière et enroule l'extrémité de sa ceinture autour de son poing.

Oh, mon Dieu. Dans quoi suis-je allée me fourrer ? C'est insensé. Encore plus insensé que d'embrasser un tueur.

La ceinture fend l'air et atterrit sur le bas de mes fesses

comme une langue de feu. Je pousse une exclamation et me contracte.

— Seigneur.

Je tente de me redresser, mais il me maintient en place.

— Encore ? demande-t-il.

Il me fait comprendre que je peux tout arrêter, bien qu'il me maintienne. Je n'ai pas la force d'en redemander. Je ne suis pas sûre d'en avoir envie. Mais je ne lui demande pas non plus d'arrêter.

Je le laisse décider.

Et bien entendu, il le comprend. Il a beau être distant, émotionnellement parlant, il n'a aucun mal à décrypter ce que je ressens. Il est attentif.

Il me fouette à nouveau, et cette fois, je sursaute en poussant un cri. Il masse les deux impacts, pétrissant ma douleur jusqu'à ce qu'elle ne devienne plus qu'une vague brûlure.

Je gémis doucement.

— J'ai dit trois. Tu vas encaisser la dernière comme une gentille fille bien sage ?

Il me consulte à nouveau.

— Oui, réponds-je en hochant la tête, comme si promettre d'être sage pouvait me faciliter la tâche.

Sa main glisse entre mes jambes.

— Oui, tu es une gentille fille, hein ? Toujours bien sage.

Je tremble de partout. La passion me rend fiévreuse.

Il joue avec mon clitoris, et je me cambre en gémissant. Il me prend par les hanches et se penche sur moi pour embrasser l'une de mes fesses endolories.

— Un dernier, dit-il d'un ton ferme en se redressant.

Bon sang.

Il abat la ceinture, et je halète, mais c'est déjà fini. J'entends le bruissement des vêtements d'Armando et le froissement d'un emballage de préservatif. Il fait glisser son gland dans mes fluides. Je suis tellement prête qu'il s'enfonce aussitôt.

Je crois que je n'ai jamais trouvé la pénétration plus satisfaisante qu'aujourd'hui. Il a sa place en moi. Comme si mon corps était fait pour accepter le sien. Comme si c'était son objectif.

Armando grogne.

— Tu es parfaite, Hannah. Tellement parfaite.

Il me pénètre doucement, centimètre par centimètre, avant de se retirer pour me rendre folle.

Il a peut-être besoin de ces préliminaires, mais moi non. Je suis prête pour ses coups de reins sauvages. Pour qu'il me laisse des bleus sur les hanches et qu'il me tire les cheveux. Au lieu de cela, ses mains glissent sur mes flancs, puis sous ma robe, et ses doigts plongent dans mon soutien-gorge pour pincer l'un de mes tétons.

Je pose les mains à plat sur la table et me cambre, la tête levée.

— Ne me fais pas mariner, dis-je, rendue grognon par mon impatience. J'ai besoin de finir.

Il me répond d'un violent coup de reins.

— C'est ça que tu veux, ma belle ? Une bonne baise bien forte ? Parce que moi, ça me convient toujours.

Il m'enserre la taille, veillant à protéger mon bassin de la table, cette fois, et il se met à aller et venir en moi à toute allure.

— Oui, soupiré-je, au bord de l'orgasme.

Il plaque une main à côté de la mienne pour prendre appui et me pilonne, faisant claquer son pelvis contre mes fesses, toujours brûlantes après le passage de sa ceinture. Sa peau apaise la mienne, la comble.

— Je t'aime.

Eh, merde. Qu'est-ce qui m'a pris de dire ça ? Ce n'était absolument pas prévu. Je ne peux pas m'empêcher de balancer ce genre de trucs ! Bon, c'est la vérité. En cet instant, je me sens déborder d'amour, mais *Seigneur* !

Pourquoi j'ai dit ça ?

Il hésite, perd son rythme, et je suis convaincue que ça va mal se terminer.

Ce sera peut-être la pire des ruptures, car cette fois, je suis folle amoureuse de ce mec.

Mais au lieu d'en faire tout un plat, il redouble de brutalité. Son poing se ferme sur mes cheveux pour me tirer la tête en arrière, m'envoyant des pointes de douleur dans le cuir chevelu.

— Tu aimes que je te baise bien fort, hein, *bella* ?

Il gronde comme s'il était fâché contre moi. Comme s'il prononçait ces mots les dents serrées.

— Oui ! m'écrié-je, soulagée qu'il déforme mes propos, qu'il décide de les interpréter ainsi.

— Dans ce cas, tu aimeras aussi que je t'encule.

Oh, Seigneur. J'éclate presque de rire. C'est peut-être ce que l'amour lui évoque. La sodomie.

— Plus fort, l'encouragé-je.

Je veux atteindre l'orgasme, mais je cherche peut-être aussi à lui faire oublier ma gaffe.

Il continue d'enchaîner les coups de reins sauvages, comme je les aime. Il me rend mon amour avec son membre énorme.

— J'ai besoin de toi.

Bon sang, je suis incapable de me taire.

Il tire un peu plus fort sur mes cheveux.

— Je vais te donner ce que tu veux, grogne-t-il.

Et il s'exécute. Il y va même plus fort. Assez fort pour

que je sois endolorie. Avec une brutalité délicieuse. Comme une bête sauvage libérée de sa cage.

Puis je pousse un cri. Je jouis tandis qu'il se déchaîne derrière moi.

Il atteint l'orgasme à son tour, et quand il a terminé, il glisse la main devant moi pour caresser mon clitoris et m'arracher un deuxième orgasme.

Maintenant que c'est fini, je regrette que nous ne soyons pas au lit, là où je pourrais enfoncer la tête dans mon oreiller et faire mine de m'endormir.

Chapitre Sept

Armando

Elle m'aime. Il s'agit à nouveau de l'un de ces moments où je sais que je devrais ressentir quelque chose de plus fort. Mais je ne ressens rien.

Bon, je ne suis pas assez bête pour croire toutes les bêtises qui sortent de la bouche d'une femme quand elle est sur le point de jouir, mais je sais aussi qu'Hannah est un livre ouvert. En cet instant, elle a éprouvé de l'amour pour moi, et elle n'a pas réussi à le garder secret.

Et malgré mon manque de réaction face à ses mots, ils m'ont transformé.

Le seul souci, c'est que je vois qu'elle est gênée et qu'elle regrette de les avoir prononcés.

Elle tremble également comme une feuille. Je sens ses jambes frémir là où nos cuisses se rencontrent. Je nous nettoie tous les deux et je lui remets sa culotte.

Elle évite mon regard.

— Hé, j'espère que tu n'écoutes pas toutes les bêtises

que je raconte quand on couche ensemble, s'empresse-t-elle de dire.

— Si, je prends, réponds-je en la menant hors de la salle de pause, dont j'éteins les lumières. Ça faisait longtemps que je n'avais pas entendu ce genre de trucs.

Je ne devrais pas appeler ces mots *ce genre de trucs*, c'est mal choisi. Mais j'essaye de minimiser leur importance tout en les savourant.

Elle me jette un regard un peu torturé qui me prend de court.

— Tu es triste à cause d'elle ? Ta fiancée ?

Oh.

Elle est jalouse. *Ça*, ça me fait viscéralement de l'effet. Une vague de plaisir en pleine poitrine.

Hannah marque son territoire.

Mais ça ne devrait pas me réjouir. Car je ne peux pas être son petit ami. Même si je n'avais pas un gang aux trousses, je ne suis pas le candidat idéal pour une relation. Je suis un mort vivant. Je n'ai rien à offrir à une fille comme Hannah... à part des parties de jambes en l'air incroyables. Elle est brillante, lumineuse. Elle a toute la vie devant elle. Elle mérite mieux.

Je ne veux pas avoir cette conversation. Je crois que je préférerais encore m'arracher les ongles de pieds avec une pince que de parler de Grace, mais Hannah attend ma réponse, et sa vulnérabilité la pousse à s'humecter les lèvres et à jeter des regards aux quatre coins de la pièce.

Alors je m'arrête dans le couloir plongé dans la pénombre et je lui fais face.

— Grace est une connasse. Elle n'a aucune loyauté. Quand je suis allé en prison, elle m'a remplacé en quelques semaines - *semaines* - par un autre initié. Mais elle a mis des mois avant d'oser me le dire.

Hannah penche la tête sur le côté.

— Par *initié*, tu veux dire... un homme de l'Organisation ?

— Ouais. Emilio. C'est comme un cousin pour moi. Pas un vrai cousin, mais c'est tout comme, tu vois ce que je veux dire ?

Elle retient son souffle. J'ai l'air un peu en colère, et ça m'énerve. Je veux recommencer à ne plus rien ressentir à ce sujet.

— À ma sortie, la semaine dernière, tout le monde s'attendait à ce que ce soit la merde entre lui et moi, tu vois ? Avant, j'étais...

Je ne veux même pas décrire mon comportement d'avant. Arrogant. Assuré. Orgueilleux. Je ne reconnais même plus cet homme.

— Je ne sais pas, reprends-je. Une sorte de mâle alpha. Et je pouvais me montrer violent. Mais tu as pu le constater.

Je grimace légèrement en songeant à ce qu'elle a vu, dans sa boutique. Je suis toujours effaré qu'elle ne présente aucun traumatisme.

— Le don m'a tout de suite interdit de le toucher, dis-je.

L'inquiétude d'Hannah ne fait que croître. Bon sang, je crois qu'elle m'a contaminé avec son empathie, car j'ai beau n'éprouver aucune émotion, je perçois clairement les siennes.

— Ce qu'ils ne savent pas, poursuis-je, c'est que... je ne suis plus comme ça. Ces types ne me connaissent plus du tout. Et moi, je me fous complètement d'eux. Enfin, je suis dégoûté par tout ça, par leur manque d'honneur et de loyauté, mais ça ne signifie rien pour moi. Honnêtement, tu sais ce qui aurait été pire ?

— Quoi ? murmure Hannah avec de grands yeux.

Je prends une inspiration, réalisant seulement maintenant ce que je m'apprête à dire.

— Si elle m'avait attendu.

C'est la vérité. Si en sortant, j'avais dû jouer les petits
amis parfaits à nouveau, vivre avec Grace et planifier notre
mariage... je me serais effondré.

— Je ne peux pas m'imaginer devoir l'épouser à ma
sortie. Parce que je ne suis plus l'homme qui l'a demandée
en mariage.

— Mais tu l'aurais épousée quand même ?

J'ignore où elle veut en venir et pourquoi elle continue
de ressasser cette vieille histoire, mais je lui réponds avec
franchise :

— Oui. Enfin, je lui aurais laissé une porte de sortie si
elle n'en avait plus envie, mais je ne reviens pas sur mes
promesses.

Je hausse les épaules.

— Je suis un homme de parole.

Elle me dévisage avec ses yeux d'un brun chaud qui
voient tout, mais ne semble jamais me juger.

— Tu es loyal, dit-elle.

Je hoche la tête.

— Toujours.

Je la mène dans la ruelle, jusqu'au van. J'ouvre la
portière passager et l'aide à monter.

— Ah, au fait. J'ai oublié de vérifier les pièges à souris.
Tu as eu des visiteuses ?

Elle grimace.

— Oui.

— Elles y sont toujours ? Tu veux que je m'en
débarrasse ?

Sa grimace s'intensifie.

— Oui, s'il te plaît.

Je hoche brièvement la tête et retourne dans la boutique pour m'en occuper. C'est un jeu d'enfant. Je suis content de pouvoir faire ça pour elle.

Quand je reviens, je démarre le van.

— Où est-ce que tu veux aller dîner ?

— C'est toi qui choisis, vu que c'est toi qui invites, me dit-elle avec un sourire mutin.

Ça lui plaît que je paye. Avant d'être arrêté, je nageais dans le fric. Si j'étais toujours aussi riche, je ne regarderais pas à la dépense, pour elle.

Même maintenant, je m'en sors bien. Il me reste la moitié de la somme que le don m'a donnée à ma sortie, et je recevrai désormais un salaire de deux mille dollars toutes les deux semaines. Je ne roule pas sur l'or, mais inviter Hannah dans un bon restaurant, c'est dans mes cordes.

— Toi, choisis, dis-je.

Je ne peux pas me rendre là où j'avais mes habitudes. L'appartement d'Hannah est toujours ma cachette la plus sûre.

— D'accord, euh... je connais un endroit.

Avant de démarrer, je prends le temps de la regarder. De la regarder vraiment. Je ne veux plus parler de Grace, mais je veux chasser la jalousie qu'elle ressent envers elle.

— Tu es magnifique, tu sais ?

Elle écarquille les yeux, et son sourire grandit. Je vois qu'elle se réjouit de ce compliment. Je ne suis pas doué de mes mots, mais pour elle, je ferai un effort. Chaque jour que Dieu fait, je ferai un effort.

— Je n'avais jamais eu le privilège d'être avec une femme aussi belle. Vraiment renversante.

Chapitre Huit

Armando

Hannah m'indique la route d'un café d'artistes. Pas chic, mais pas un boui-boui non plus. De style industriel, et sans plafond, de façon à dévoiler tous les conduits au-dessus de nos têtes et les briques centenaires des murs. Ils ne servent pas d'alcools forts, mais le serveur nous apporte une bouteille de vin.

Je commande un hamburger accompagné de frites de patate douce. Hannah choisit une salade originale : bette-rave-pistache, ou un truc dans le genre. Je la regarde se régaler, et cela me donne envie de l'emmener au restaurant tous les soirs. Elle mérite de se faire plus souvent plaisir.

— Alors, qu'est-ce que tu as fait comme travail, aujourd'hui ? me demande-t-elle une fois que le serveur s'est éclipsé.

Mon instinct est de me refermer comme une huître et de ne rien dire. De garder le silence. Mais c'est moi qui l'ai invitée à dîner. Nous sommes en plein rencard, alors je secoue la tête.

— Ne me pose pas de questions sur mon travail.

Mes mots sont trop durs. Trop sévères. Je réalise qu'elle les a mal pris lorsque je la vois se crisper.

— C'est pour ta sécurité, Hannah, tenté-je d'expliquer. On ne parle pas affaires, même avec nos copines.

Elle me dévisage un instant.

— Je suis ta copine ?

J'engloutis mon verre de vin et le remplis à nouveau. Merde. Je ne suis pas prêt pour discuter de notre relation.

— Je n'ai pas d'étiquette pour ce que tu es, Pâquerette.

Elle remue sur sa chaise, silencieuse, et quelque chose se serre dans ma poitrine. De la culpabilité ? D'être un si mauvais cavalier ?

Je me creuse la tête pour trouver quelque chose à dire, et je finis par demander :

— Comment s'est passée ta journée ?

Elle fait la moue.

— Ce n'était pas très animé. Mais c'est toujours comme ça, le mardi.

Elle beurre l'un des mini-muffins qui se trouvent dans la corbeille de pain.

— Je planche toujours sur ce que tu m'as dit. Je tente de nouvelles choses, ajoute-t-elle en buvant une gorgée de vin.

— Ah oui ?

— Oui. J'ai quelques idées.

Je me penche en avant.

— C'est bien. Très bien. Lesquelles ?

Elle hausse les épaules et rougit légèrement.

— Il y a plein de choses. Je ne sais pas ce qui est viable, ni par où commencer.

— On ne sait jamais, au début.

— J'ai enfin créé une page Instagram, et j'y ai posté mes créations préférées. Ça faisait une éternité que Josie me disait de créer un compte.

Instagram. Des tas de nouveaux réseaux sociaux ont débarqué depuis mon séjour en prison. Je crois que j'avais déjà entendu parler d'Instagram avant mon arrestation, mais je n'ai jamais eu de compte. Je hoche la tête et me promets d'aller voir sa page.

— C'est super, dis-je.

— Il y a une compétition dans deux mois. Un concours de bouquets. Mary Alice avait obtenu la deuxième place, une fois. Bon, je ne suis pas sûre que ça m'apporte de nouveaux clients, mais ça pourrait améliorer ma réputation, auprès des gens qui ne me pensent pas capable de tenir la boutique, après le départ de Mary Alice.

— Ou auprès des gens qui n'ont simplement jamais entendu parler du *Jardin d'Éden*. C'est une excellente idée. Tu vas t'inscrire, alors ?

Elle se mordille la lèvre.

— Peut-être. Je ne sais pas. C'est une idée.

— Une super idée.

J'essaye de comprendre ce qui la fait hésiter. Je ne vois pas ce qui pourrait la bloquer.

— Est-ce qu'il y a des frais d'inscription ?

— Euh, oui, mais c'est raisonnable. 175 dollars, dans ces eaux-là.

— Je payerai, proposé-je aussitôt.

Mon but n'est pas de lui faire la charité, mais d'ôter ces frais de son raisonnement, si cela constitue un frein à son inscription.

Elle s'illumine et esquisse un sourire.

— Merci. Tu penses vraiment que je devrais participer ?

— Tu vas t'inscrire, réponds-je d'un ton ferme. C'était quoi, tes autres idées ?

— Bon, c'est un peu bizarre, mais... tu as des contacts dans les pompes funèbres ?

— Pourquoi ?

— Les mariages, ça rapporte gros, mais ça demande énormément de travail. Les compositions pour les cercueils, c'est de l'argent facile. Il faut que j'entre en contact avec des maisons funéraires, pour qu'elles me recommandent ou fassent appel à moi.

Je hoche la tête.

— Je vais me renseigner. Je connais peut-être quelqu'un. Je vais m'occuper de ça.

Il me semble que toutes les funérailles auxquelles j'ai assisté pour la Famille se tenaient dans la même maison funéraire. Je vais me renseigner auprès de ma mère.

— Quoi d'autre ? demandé-je.

— Les mariages. Je suis passée à l'Hôtel Casper, mais il faut que je me présente à toutes les entreprises d'événementiel des environs, pour qu'elles pensent à moi pour les rassemblements et les mariages qu'elles accueillent.

— C'est bien.

— Le problème, c'est que je déteste cet aspect du travail. J'aime créer des compositions florales, mais le démarchage, ça me rebute.

Je secoue la tête.

— Mais non. Tu vas assurer. Comme je te l'ai dit quand tu es allée te présenter à l'hôtel, l'autre jour, tu es belle, à l'intérieur comme à l'extérieur. Tes fleurs superbes. Tout le monde va vouloir faire affaire avec toi.

Elle me dévisage comme si elle cherchait la preuve que je la baratine.

— Je te le promets, Pâquerette.

Notre commande arrive, et je prends une grosse bouchée de mon hamburger. Il est bien, meilleur que je le pensais.

— D'autres idées ? m'enquiers-je.

Apparemment, je sais toujours entretenir une conversation, quand je me lance.

Hannah raidit les épaules.

— Je ne sais pas, dit-elle d'un ton dubitatif.

— Mais si, tu sais. C'est quoi ?

Elle pousse un soupir.

— J'envisageais d'aller voir Mary Alice pour renégocier mes versements. Après tout, elle préférera recevoir moins d'argent que prévu plutôt que rien du tout, non ? Si je mettais la clé sous la porte, elle serait obligée de revenir ici en courant, ou de perdre le complément de retraite que je lui apporte.

— C'est vrai. Elle a autant intérêt que toi à ce que ça marche. Elle voudra que tu réussisses.

Hannah bat rapidement des paupières.

— Je l'espère vraiment.

— Envoie-lui un texto tout de suite pour lui dire que tu veux lui parler.

Hannah écarquille les yeux.

— Quoi ?

— Débarrasse-toi de ça. Le plus tôt sera le mieux. Contacte-la maintenant.

Hannah plonge lentement la main dans son sac.

— Tu es sûr que c'est une bonne idée ?

— Certain. Fais-le.

Elle me jette plusieurs regards furtifs pendant qu'elle tape son message, comme si elle hésitait toujours.

Nous venons de finir de manger lorsque son téléphone

sonne. Elle consulte l'écran et me regarde avec de grands yeux.

— C'est elle.

— Réponds.

Elle hésite.

— Non. Je la rappellerai demain.

Elle braque les yeux sur son portable.

— Tu crois vraiment que je devrais répondre ?

— Oui.

— Bon sang.

Hannah balaye l'écran du pouce et colle le téléphone à son oreille.

— Allô.

Elle se lève et se bouche l'autre oreille pour mieux entendre.

— Oui, dit-elle.

Elle me jette un regard et pointe le doigt vers l'extérieur, avant de ramasser son sac à main et de se précipiter vers la porte du café.

Oh, certainement pas. Hors de question que je la laisse seule sur le trottoir le soir. Une belle fille comme elle ? Elle va se faire emmerder.

Je fais signe à la serveuse de m'apporter l'addition, et je paye avant de sortir. Hannah fait les cent pas sur le trottoir, la tête baissée comme si elle écoutait attentivement.

Je regarde autour de moi, à la recherche du moindre signe inquiétant. Des hommes qui attendraient dans un coin, une voiture stationnée au coin de la rue. Ça ne me plaît pas de rester debout là alors que j'ai une cible sur le front, mais protéger Hannah passe avant tout. Une voiture passe lentement devant nous, et je la tiens à l'œil jusqu'à ce qu'elle disparaisse à une intersection.

— D'accord. Oui. Bien sûr. Ça m'aiderait beaucoup. Merci.

Hannah lève la tête vers moi, les yeux brillants de larmes.

— Merci, répète-t-elle d'un ton étranglé à son interlocutrice. D'accord. Bonne soirée.

Elle raccroche.

— Elle a accepté ? demandé-je.

Hannah hoche la tête avec un rire larmoyant.

— Oui. Elle me laisse suspendre les payements pendant trois mois pour que je reprenne la situation en mains, et ensuite, je lui enverrai ce que je peux.

Elle me tombe dans les bras avec un sanglot.

Je la serre contre moi et glisse les doigts dans ses cheveux pour lui masser le crâne.

— C'est génial, dis-je.

Elle se redresse et s'essuie les yeux.

— Désolée. C'est la honte.

— Non.

Je la prends par la main et essuie ses larmes.

— J'aime bien quand tu pleures.

Elle plisse le front et me donne une tape sur le torse.

— Mmm. C'est bizarre. Tu es un peu tordu.

Je hausse les épaules.

— Je ne ressens rien. Aucune émotion. Mais toi... les tiennes ont tellement d'ampleur. Je ne sais pas... je retrouverai peut-être le chemin de mes émotions grâce à toi.

Hannah prend une expression douce, puis passionnée. Elle se jette à mon cou et m'embrasse. Il s'agit de l'un de nos baisers pleins de folie et de frénésie, et j'ai déjà une érection alors que je viens de la prendre dans sa boutique.

Je passe un bras autour de sa taille et pétris ses fesses sans ménagement.

— Attention, dis-je d'une voix rauque lorsqu'elle s'interrompt pour respirer. Tu vas finir par te faire baiser à l'arrière du van.

Ses pupilles sont déjà dilatées, mais elles le deviennent encore plus, comme si cette idée l'enchantait. Je la fais pivoter vers le véhicule en question et lui donne une tape sur les fesses.

— Mais pas ce soir. J'ai des projets pour toi, et ils nécessitent d'avoir un lit.

Chapitre Neuf

Hannah

Je savoure la chaleur des mains d'Armando sur mes joues tandis que sa bouche effleure la mienne. Ses doigts s'emmêlent dans mes cheveux, et l'odeur de son parfum m'enivre. Ses lèvres sont douces, et il m'embrasse avec une passion sauvage qui me coupe le souffle.

L'intensité de notre baiser monte en puissance, et entre nous, c'est électrique. Nous finissons par nous séparer, et je vois la flamme dans ses yeux. Il me regarde avec une ferveur qui fait tambouriner mon cœur. Je pourrais me perdre à jamais dans son regard.

Il prend ma main dans la sienne, et nous montons les escaliers qui mènent à mon appartement. Lorsque nous passons la porte, je suis dans tous mes états.

— Comment te remercier pour tout ce que tu as fait pour moi ? demandé-je entre deux baisers.

Il me regarde avec un sourire en coin et une lueur diabolique dans les yeux.

— Oh, j'ai plein d'idées.

Mon désir crève le plafond. Je me dépêche de déboutonner sa chemise et de baisser son pantalon. Je veux sentir sa peau contre la mienne. Sa bouche sur la mienne. Je ne peux pas attendre une seconde de plus. Je veux le sentir en moi immédiatement.

Nos lèvres se rencontrent avec une passion pure. Nos langues se mêlent et luttent l'une contre l'autre. Son érection se presse contre ma cuisse. Je veux la sentir en moi. Je veux le posséder. Je me laisse tomber à genoux, prête à donner du plaisir à cet homme comme il le souhaitera.

Il m'écoute. Il se soucie de moi. Il ne se moque pas de mes émotions disproportionnées.

Et pour cela, il mérite d'être récompensé.

Je baisse son boxer, et son érection jaillit, dure et épaisse, impatiente de recevoir mes attentions. Mon propre corps déborde d'un désir profond de le combler, une envie que seul son plaisir saura satisfaire.

Je le prends en bouche, savourant sa saveur alors que je le suce de plus en plus fort. Ses gémissements résonnent dans la pièce, m'encourageant à lui faire connaître de nouveaux sommets de plaisir. Avec un son guttural, il enfonce les doigts dans mes cheveux et me guide avec douceur. Je me sers de ma main pour caresser ce que je n'arrive pas à prendre en bouche, et je le sens s'allonger et s'épaissir en retour.

Une sensation mouillée et familière s'épanouit entre mes jambes pendant que je continue de le sucer. Je sens que son orgasme approche, et ma langue redouble d'efforts alors que je le prends plus profondément. Je sens son plaisir monter, ses muscles se crisper. Je veux le mener jusqu'au bout, lui faire ressentir ce que je ressens.

Tandis que ma main et ma bouche œuvrent de

concert pour le faire jouir, il me caresse la joue tout en me regardant dans les yeux. L'excitation que je lis dans les siens me submerge presque. Je le prends tout entier, jusque dans ma gorge. J'ai un haut-le-cœur, et je me délecte de mon incapacité à respirer. Ce sacrifice sensuel m'encourage à recommencer, encore plus profondément, cette fois.

— Putain, oui, murmure-t-il entre deux gémissements. Prends-moi dans ta gorge, Pâquerette. Comme ça.

Ses compliments m'encouragent à recommencer plusieurs fois. Ma gorge se serre par réflexe autour de son membre. Je continue de le sucer. Il n'est plus très loin du but, à présent, et je le caresse avec plus de force avec ma langue.

Il laisse échapper un gémissement rauque et ferme le poing sur mes cheveux pour s'enfoncer en moi. Il est tellement proche de l'orgasme que je sens le goût de son liquide préséminal. Il retient son souffle, puis lâche un grondement en éjaculant dans ma gorge. J'avale tout et lèche les dernières gouttes.

Il me met debout et caresse mes courbes tout en me déshabillant. Quand je suis nue, il soupèse mes seins. Il prend un téton en bouche et le taquine, m'envoyant une onde de plaisir. Ses mains explorent mon corps, les pleins et les déliés de ma taille, de mes hanches, mon entrejambe mouillé. Avec lui, je n'ai aucun complexe. Chaque centimètre carré de mon corps l'excite, c'est indéniable.

Il se met à genoux et me tire vers lui.

— Assieds-toi au bord du lit, m'ordonne-t-il.

Je m'exécute, et il m'écarte les jambes avant d'enfouir la tête entre mes cuisses. Je renverse la tête en arrière et gémis lorsque sa langue me pénètre et me caresse de l'intérieur.

— Ce soir, je vais te baiser là où tu n'as jamais été baisée, m'avertit-il avant de plonger la langue encore plus profondément en moi.

Je soupire de plaisir, incapable de former le moindre mot.

Armando continue d'aller et venir en moi avec sa langue tout en caressant mon clitoris avec son pouce. Le monde semble disparaître autour de moi. Sa langue est impitoyable, et le plaisir me terrasse.

Il m'écarte les jambes davantage, et la chaleur de sa bouche se concentre désormais sur mon clitoris. Il me lèche et me titille, enflammant mon centre. La sensation grandit encore et encore, et je me surprends à onduler contre son visage.

— J'ai envie de toi, haleté-je.

Sans faire attention à ce que je lui dis, il continue de me lécher, de me suçoter et de me caresser. Je le prends par les cheveux pour le coller à moi. Je veux le savourer encore un peu. Je sens la spirale de plaisir arriver, j'y suis presque. Si proche que c'en est presque insupportable.

Armando s'interrompt et plonge ses grands yeux sombres dans les miens.

— Je vais te sodomiser. Ça te plairait, Pâquerette ?

Je hoche la tête sans rien dire, car je ne fais plus confiance à ma voix.

— Gentille fille.

Il m'adresse un sourire rassurant et me guide jusqu'au centre du lit. Il s'allonge à côté de moi et me murmure à l'oreille :

— Je vais te faire jouir. Tu vas adorer. Mais il va falloir que tu te détendes. Que tu me laisses entrer.

— Ça va faire mal ?

— Un petit peu. Mais ça va te plaire.

Il promène les lèvres dans mon cou et me mordille

l'oreille. L'une de ses mains descend le long de mon corps. Je me cambre et colle mon sein à sa main. Il le pétrit, puis caresse mon téton entre deux doigts.

Je le sens durcir contre ma hanche, et je suis submergée par mon envie qu'il me pénètre... par-derrière.

Il me saisit par les chevilles et me traîne vers lui. Il m'écarte les jambes et se glisse entre elles, avant de coller son membre épais à mon entrée serrée.

— Ça va tirer, bébé. Tu es prête ?

— Je suis prête, dis-je avant de prendre une grande inspiration.

Il caresse mes fesses avec son gland, puis se presse à moi comme pour me faire goûter à ce qui m'attend. Je détends les muscles, consciente que plus je relâcherai mes tensions, plus je prendrai de plaisir.

Quand il commence à me pénétrer, je sens que ça tire. Ce n'est pas si terrible. C'est agréable, même.

Il continue de s'enfoncer lentement en moi.

— Respire et détends-toi, Pâquerette, murmure-t-il.

Son gland franchit l'anneau de muscles.

— Aïe, haleté-je. Ça fait mal.

— Tu t'en sors très bien, bébé. Encore un peu.

La panique m'envahit. Il est peut-être trop bien monté pour que je le supporte.

— Oh, ça fait mal, répété-je d'une voix implorante.

— Respire, bébé. Ne te crispe pas. Détends-toi et prends-moi en toi.

J'ai l'impression d'être traversée par un courant électrique, et mon corps se raidit, parcouru par un frisson.

Tandis qu'il s'enfonce de plus en plus profondément, je commence à me détendre. Je glisse dans une sorte de transe. Il est partout, sa chair me réchauffe, et son sexe emplit une partie de moi qui n'avait encore jamais été touchée ainsi.

— Ça va ? me demande-t-il.

Je hoche la tête.

— Continue, susurré-je.

Avec un gémissement, Armando s'enfonce davantage. Il est si épais, si profondément enfoncé en moi, que je n'arrive plus à respirer. Il reste immobile, et je sens le plaisir monter en moi. Il continue de prendre de l'ampleur, sensuel.

— Putain, tu es tellement serrée, dit Armando en refermant mes jambes tout en se retirant légèrement. Je sens son érection glisser en moi.

Lorsqu'il s'enfonce à nouveau, je ressens de la douleur. Mais comme me l'a dit Armando, cette douleur est délicieuse.

Il va et vient, et sa sueur coule sur mon corps. La chaleur de sa passion me fait fondre, nos peaux s'enflamment l'une pour l'autre.

Ses coups de reins sont ceux d'un homme possédé. Ses mains caressent mes seins. Ses lèvres m'embrassent et me sucent le cou. Il se retire et décrit des cercles autour de mon entrée serrée avec son gland. Le plaisir est presque trop fort. Il s'enfonce de nouveau en moi, me provoquant un pincement douloureux. Tout mon corps tremble tandis qu'il se remet à aller et venir. Soudain, le plaisir revient, remplaçant la douleur. Ses coups de reins sont de plus en plus puissants, de plus en plus profonds. Il percute mes parois internes encore et encore. Plus vite, plus fort.

Je le prends en moi dans tous les angles, et le sentir de l'intérieur me mène aux portes de l'orgasme. Je me contracte sur lui. Il se retire, puis s'enfonce à nouveau, m'arrachant un cri de plaisir. Mon corps est en feu. Chaque va-et-vient est comme une onde de choc charnelle.

Il s'enfonce complètement, le plus profondément possible.

— Je vais jouir, gémis-je.

Armando plaque une main sur ma bouche.

— Je veux t'entendre. Je veux t'entendre jouir pour moi. Je veux entendre tes adorables gémissements.

Tout mon corps tremble. Je me colle à lui pour qu'il me pénètre pleinement. Je glisse une main entre mes cuisses pour me caresser le clitoris.

— J'adore sentir ton cul autour de ma queue, bébé, me susurre-t-il à l'oreille.

Il me saisit les hanches pour me maintenir sur lui.

Mon corps explose dans un mélange de plaisir orgasmique et de douleur cinglante. Il se remet à aller et venir en moi pendant que des vagues d'extase me submergent.

Je le sens jouir en moi. Chaque coup de reins m'envoie un nouveau courant électrique. Il s'enfonce une dernière fois et reste profondément enfoui. Il se contracte et se déverse en moi, m'obligeant à jouir à nouveau.

Armando me tourne aussitôt sur le côté, mon dos collé à son torse. Ses bras puissants m'étreignent. Il m'embrasse l'épaule et glisse une jambe sur les miennes.

— C'était incroyable, dis-je, le souffle court.

— Tu vas bien ?

J'acquiesce.

— Tant mieux, dit-il en s'essuyant le front. Parce que je n'en ai pas encore fini avec toi.

Chapitre Dix

Armando

— Mando.

C'est Arturo qui m'appelle alors que je suis au boulot. À mon non-boulot. À l'endroit où je suis obligé d'aller pour gagner un salaire sans rien faire. Je quitte la zone de construction et colle le téléphone à mon oreille.

— Ouais ?

— Il paraît que tu fais chier pas mal de monde, là-bas, dit-il en riant.

Je me hérisse, bien qu'il n'ait pas tort. Larry, le chef d'équipe, me hait. Je l'ai suivi toute la semaine, demandant ce qu'il fait, posant des questions. Mettant mon grain de sel dès que j'en ai envie. Ce qui revient à mettre en doute ses décisions face à ses hommes. Parce que je ne l'aime pas, et parce que j'ai ce pouvoir.

Je me comporte comme un con, mais Larry aussi est un *stronzo*. Les ouvriers ne l'aiment pas, et à mon avis, ça en dit long. Mais les ouvriers ne m'aiment pas non plus. Personne ne veut faire de moi son ennemi, bien entendu. Mais personne ne veut faire ami-ami avec moi non plus. Même le type au rendez-vous chez le médecin, que j'ai défendu l'autre jour, m'évite.

Je ne peux pas leur en vouloir. Les types comme moi, il vaut mieux les éviter.

— Qu'est-ce que t'as entendu ? grondé-je.

— Don G a reçu un coup de fil du mec du syndicat. Il a demandé bien gentiment à ce que tu bosses moins à ton faux boulot.

Le rire grave d'Arturo voyage jusqu'à moi.

— Tu rues dans les brancards ?

— Qu'est-ce que tu veux que je fasse d'autre ? rétorqué-je.

Je ne devrais pas me plaindre. Je parle comme un gamin pourri gâté, alors que je suis payé grassement à ne rien faire. Le souci, c'est que j'ai passé cinq ans à me tourner les pouces. J'en ai ras le bol.

— Tu m'appelles pour me dire d'arrêter ?

— Non, tu fais ce que tu veux. C'est ton domaine, Mando. Le don transmet le message, c'est tout. À toi de voir ce que tu en fais.

Il marque une pause.

— Tu réalises que tu n'es même pas obligé d'y aller, hein ? Tout ça, c'est du bluff.

— J'ai besoin d'y aller.

Conscient de ce que je sous-entends, Arturo répond :

— Si ça te fait plaisir, mec.

Je devrais le remercier, mais je n'en ai pas envie. J'ai été irritable et agité toute la semaine. Je n'en sais toujours pas plus sur ceux qui cherchent à me tuer ou ce qu'ils mijotent. Marco a quitté l'hôpital, mais ma culpabilité est toujours aussi intense. Et j'ai beau me présenter au travail tous les jours, je n'ai qu'une envie, rentrer à la maison pour baiser Hannah. Cette femme a une emprise inexplicable sur ma queue. Je n'ai rien d'autre à lui offrir, et cela a beau ne pas la déranger, il faut que je trouve le moyen de lui apporter autre chose. Elle mérite beaucoup mieux. Mais je prends sur moi pour la quitter et venir ici. Je dois passer mes journées avec ces *stronzi* pendant que j'attends que ma vie reprenne son cours, mais ça n'arrive pas.

Ça n'arrivera jamais.

Tout ce temps passé en tôle à attendre de sortir pour revivre, et voilà que j'en suis incapable. La prison me colle à la peau.

Et voilà que ces poules mouillées vont pleurnicher dans les jupes du don. Ma mauvaise humeur grandit à chaque seconde.

— Écoute, Mando. C'est le baptême de mon petit-fils, dimanche. Il y aura une fête chez moi ensuite. Je suis désolé, ma fille ne t'a pas envoyé d'invitation, parce qu'elle a dressé la liste avant ta sortie. Tu m'en veux pas, hein ?

— Non. Pas de problème.

— Alors tu viendras ? Sainte Angèle, 1 0 h.

Putain.

— Oui. Bien sûr que je viendrai.

— Parfait. On se voit là-bas, alors. *Ciao.*

— *Ciao.*

Je raccroche, plus irritable que jamais. J'appelle Luis, qui ne m'a donné aucune info depuis que je l'ai relancé il y a cinq jours.

— Alors, qu'est-ce que t'as trouvé ?

— Rien de concret. Tout ce que je sais, c'est que les Hermanos ont une dent contre toi. Mais ils ne semblaient pas savoir que tu étais sorti avant que je leur parle. Ça veut dire que ce n'est pas eux qui ont essayé de te buter la première fois, mais ils sont sans doute responsables de la fusillade à ton appartement.

Je lâche un juron en italien.

Alors maintenant, il y a deux contrats sur ma tête.

Fantastique.

— Il m'en faut plus, dis-je.

— J'y travaille.

Chapitre Onze

Hannah

Il est 18 h 30, et il n'est pas encore arrivé. Tous les soirs cette semaine, Armando est passé à la fermeture pour me ramener en van. Nous dînons. Nous couchons ensemble. Nous regardons la télé. Je savais bien que c'était risqué, de m'habituer à sa présence.

Je savais depuis le début qu'il ne resterait pas. Que ça ne durerait pas.

Et pourtant, je me suis prise au jeu. J'ai aimé jouer au couple installé. Cuisiner, manger, faire la vaisselle ensemble. Le voir sortir les poubelles à ma place et revenir avec des cartons vides pour qu'Ombre puisse jouer dedans. Il s'est pris d'affection pour mon chaton, c'est évident, et mon cœur s'emballe à cette idée.

Mais ce soir, il me fait faux bond. J'ai fait exprès de traîner. De travailler tard, d'élaborer plus de bouquets qu'il n'en faut dans l'espoir qu'il finirait par arriver, sans succès.

Mon estomac se serre.

J'ai son numéro de téléphone, mais quand je l'ai appelé, je suis tombée sur une boîte vocale anonyme, et il n'a pas répondu au texto que je lui ai envoyé. Si ça se trouve, il a changé de portable depuis. Je ne sais pas ce que font les mafieux. Changent-ils de téléphone toutes les semaines ?

Je ne suis même pas sûre qu'il soit approprié de l'appeler et de lui envoyer des messages. Il se cache chez moi parce que quelqu'un veut sa peau, et qu'il veut me protéger. Le sexe, c'est en bonus. Mais ça ne fait pas de lui mon petit ami, même si j'ai cette impression.

Il a été très clair sur ce point.

Et qu'importe si ce scénario complètement tordu est la relation la plus saine que j'aie jamais eue. Parce qu'Armando voit la vraie moi et ne part pas en courant. Et c'est ça le plus terrifiant.

Je monte dans le van et rentre chez moi, les doigts crispés sur le volant alors que je traverse la ville. Je mets une éternité à trouver une place de parking, à cause de mon retour tardif, mais quelqu'un finit par partir, et je m'y reprends à trente ou quarante fois pour faire tenir le van sur la toute petite place.

Une fois devant mon appartement, j'hésite face à la porte.

J'entends la télé.

Mon estomac fait un bond dans un drôle de mélange d'enthousiasme et de contrariété. J'ouvre la porte et découvre Armando en train de regarder la télé sur mon canapé, les pieds sur la table basse. Je jette mon sac à main dessus et ferme la porte.

— Tu es là.

— Salut, dit-il.

Il a son masque indéchiffrable au visage, et cela me donne envie de lui donner un coup de pied dans le tibia.

Je vais dans la cuisine. Des boîtes de nourriture chinoise à emporter sont ouvertes sur le plan de travail, et Armando semble avoir déjà mangé.

Dans ce genre de circonstances, je sais que ma réaction est exagérée. Je sais que je suis collante et bizarre, mais je n'arrive pas à contenir la vague d'émotions mesquines qui me submerge. Je verse un peu de nourriture dans un bol et prends une fourchette, avant de me retourner et de manger debout.

— Bon, je n'ai jamais accepté d'avoir un colocataire éternellement, déclaré-je.

Armando semble nonchalant, indifférent. Ce que j'ai dit est légitime.

Il ramasse la télécommande et coupe le son de la télé, puis il déroule son corps imposant pour se lever. Sa position détendue sur le canapé n'était qu'une illusion. Je suis soudain impressionnée par sa carrure et son attitude défensive.

Il se dirige vers moi d'un air renfrogné.

Je dois prendre sur moi pour tenir bon et ne pas me ratatiner face à lui.

— Tu veux que j'aille m'installer ailleurs ? demande-t-il.

Une pierre tombe dans mon estomac. C'est toute l'ironie des relations. On repousse l'autre alors qu'on en veut plus. Je pose mon bol sur la table. Le menton buté, je hausse les épaules.

Armando continue d'approcher, beaucoup plus grand que moi, mais il ne me touche pas. J'ai *envie* qu'il me touche. Qu'il me saisisse avec brusquerie et insistance, mais il n'en fait rien.

— Oui ou non ?

Son ton est plein d'autorité. Il exige une réponse.

Je déglutis et secoue la tête, avant de me détourner.

Il m'attrape par le bras et me tire en arrière.

— Pourquoi tu m'as dit ça, alors ?

— Pour rien, réponds-je d'un ton agacé.

— Dis-moi.

Je n'ai peut-être pas envie qu'il me touche, finalement, car j'aimerais mieux lui tourner le dos, pour l'instant. Mon cou et ma poitrine me brûlent. Je secoue la tête à nouveau et regarde ailleurs.

— Je ne sais pas.

— Arrête tes conneries.

Ce dernier mot a un effet coup de poing. Il agresse mes sens, et je le sens partout. Quand je sursaute, Armando me serre contre lui.

— Ne me dis pas que tu sais pas, alors que tu sais très bien. Pourquoi est-ce que tu es en colère contre moi ?

Je ravale mes larmes. Maudites soient-elle ! Maudit soit-il ! Et maudite sois-je aussi. Je suis ridicule !

Il glisse un bras dans mon dos, et de sa main libre, il balaye les boucles qui me tombent dans les yeux.

— Qu'est-ce que j'ai fait ? demande-t-il d'un ton plus doux, cette fois.

— Je suis désolée, dis-je dans un hoquet, avant de me maudire d'avoir présenté des excuses. Je suis bête. Laisse tomber.

Il ne bouge pas, son regard braqué sur moi.

— Non, je ne laisse pas tomber. Dis-moi.

Je hausse les épaules, vaincue. J'ai honte, mais j'avoue tout :

— Tu pourrais communiquer un peu plus. Tu sais... me passer un coup de fil pour me prévenir que tu rentres directement sans passer par la boutique, par exemple.

Oui, j'ai l'air hyper collante. Son expression devient

insondable, et il me lâche avant de reculer, comme je m'y attendais.

— Je te l'ai dit, je suis bête. Tu n'es pas mon petit ami, dis-je en agitant les bras. Je ne sais pas ce que tu es, mais pas ça.

Je récupère mon bol de nourriture et contourne Armando, qui est immobile comme une statue. Je m'avachis dans le canapé et remets le son de la télé.

Armando ne bouge toujours pas. Je ne vois rien de ce qui se passe sur l'écran, malgré mon regard fixe. Je parviens seulement à ravaler les émotions qui me serrent la gorge. Il va s'en aller, et ce n'est pas grave. C'est nécessaire. Car plus vite il s'en ira, plus vite je pourrai passer à autre chose.

Il se dirige vers la porte, mais s'arrête devant. Quand il pivote, je lui jette un coup d'œil.

— Je ne peux pas être ton petit ami, Hannah.

Il semble très vieux. Épuisé.

Je grimace. Je n'ai pas envie d'entendre ça. Non, pas du tout.

— Je n'ai rien à t'offrir. Je suis vidé, comme mort, et apparemment, je suis à deux doigts de me faire buter par quelqu'un.

— Je sais, réponds-je aussitôt pour mettre fin à la conversation. Oublions ça, d'accord ?

— C'est salaud de ma part de rester ici. Je sais que je suis con de t'en demander autant alors que je ne peux rien te donner en retour.

Il me jette un long regard indéchiffrable, puis met les mains dans ses poches.

— Mais je n'ai pas envie de partir, ajoute-t-il.

J'ai le cœur au bord des lèvres et le souffle coupé. Je ne sais pas quoi dire.

Il hausse les épaules.

— Si tu veux que je m'en aille, je le ferai. Tu n'as qu'un mot à dire. C'est ton choix.

Comme une idiote, je me lève et me précipite vers lui, les bras autour de sa taille et le visage blotti contre sa poitrine. Il m'étreint, fort et protecteur. Ce type n'hésiterait pas à tuer pour moi. Je le sais déjà. Son truc, c'est la loyauté, et je suis sous sa protection.

— Je ne veux pas que tu t'en ailles, admets-je.

Mon ventre frémit alors que je tente de réprimer un sanglot.

Il glisse les doigts dans mes boucles et me masse l'arrière du crâne.

— Pleure pour moi, Pâquerette, murmure-t-il en posant le menton sur le sommet de ma tête.

Je sanglote doucement dans sa chemise.

— C'est tordu, dis-je.

— Peut-être que ça me réveillera, chuchote-t-il. Peut-être que ça me réveillera, et que je deviendrai ton prince.

Mon prince. Armando est déjà mon prince. Ça ne veut peut-être pas dire grand-chose, à part que jusqu'à présent, je suis sortie avec des hommes qui ne valaient pas la peine. Ou alors, j'ai désespérément *envie* qu'il devienne mon prince. Je veux croire qu'une fin heureuse nous attend. Que l'amour l'emporte toujours, ce genre de platitudes.

Mais pour l'instant, ça me suffit. Savoir qu'il a *envie* de se réveiller et de devenir mon prince me comble.

Et le fait qu'il accepte mes larmes me fait l'aimer encore plus. Il ne m'a jamais dit d'arrêter de pleurer, chose que tout le monde n'a cessé de me répéter toute ma vie.

Armando m'encourage à pleurer. Pleurer pour lui. Pleurer ses larmes.

Elles deviennent une sorte d'hommage. Ça leur donne

un sens. Ça les rend plus faciles à verser. Je me sèche les joues avec les doigts.

— Qu'est-ce que tu regardais ? demandé-je pour revenir à la normale.

— Des vieux épisodes de *Parks and Recreation*. Viens là.

Il prend ma main et mon bol et m'entraîne vers le canapé.

— Qu'est-ce que tu veux regarder, toi ?

Je me pelotonne à ses côtés, et il passe un bras autour de moi pour me serrer contre lui. Il lance Netflix et passe en revue les recommandations.

— *Veuve mais pas trop*, dis-je à brûle-pourpoint.

Je le regrette aussitôt, car dans ce film, l'héroïne est mariée à un mafieux. Je ne veux pas qu'il s'imagine que je veux l'épouser. C'est mon inconscient qui a dû me souffler ce choix, à cause de mes scrupules à l'idée de sortir avec un mec du Milieu.

— Oh, Seigneur, marmonne-t-il en lisant le synopsis.

— On n'est pas obligés de regarder ça.

— Si, c'est marrant. Et Michelle Pfeiffer est canon. Mais ne me demande pas si c'est réaliste.

— Promis.

J'en ai envie, pourtant. Je veux tout découvrir.

D'autant plus qu'il ne me révèle rien. Mais ça me plaît aussi, qu'il pose des limites.

Ombre miaule et saute sur le canapé avant de se rouler en boule sur les genoux d'Armando, qui lance le film. Il pose la télécommande et grattouille le chaton sous le menton.

— Salut, mon petit, dit-il lorsqu'Ombre se met à ronronner bruyamment. Tu es super cool, comme chat, tu sais ?

Avec un sourire, je me joins à ses caresses.

— Désolée si j'ai été chiante, dis-je.

Armando m'embrasse le sommet du crâne, comme un vrai petit ami.

— Ne t'excuse pas. J'ai foutu le bordel dans ta vie, j'en suis conscient. Merci de me laisser rester.

Il baisse la tête, et ses lèvres effleurent les miennes.

Je le pardonne aussitôt.

Chapitre Douze

Armando

Les jours suivants, je fais des efforts de communication avec Hannah. Je lui envoie un message en fin de journée pour lui dire où je la retrouverai et à quelle heure. Ou ce qu'il y a pour le dîner. J'ai été con, l'autre soir, et elle a bien fait de m'engueuler. Mais Hannah m'a pardonné, et pour cela, je l'apprécie encore plus qu'avant.

Ça ne va pas me tuer de la traiter comme la reine qu'elle est. Du moins pour l'instant. Entre nous, il ne s'agit pas d'une relation, car il y a une date d'expiration. Je découvre qui veut ma mort, je l'élimine, et je rentre chez moi.

Je regrette de ne pas pouvoir lui offrir plus, mais c'est comme ça. Je ne peux rien donner à qui que ce soit, au point où j'en suis. Je ne suis pas en état d'entretenir quelque relation que ce soit.

En chemin pour l'appartement d'Hannah, je m'arrête à la maison funéraire. J'ai appelé ma mère dans l'Arizona pour me renseigner, et elle m'a donné son nom : Ailes d'Ange, tenue par un certain Angelo. Il est italien, bien entendu. Don G n'engage jamais quelqu'un d'une autre origine, si un Italien est disponible. En plus, avoir un croque-mort dans la poche, ça peut sans doute être utile. Quand on veut cacher des preuves, par exemple.

Je pénètre dans l'entrée plongée dans le silence. Des cierges brûlent devant une croix, et je vois des dépliants sur le deuil. Une femme d'une trentaine d'années vêtue d'une élégante robe bleue vient m'accueillir. Je me demande si elle fait partie de la famille d'Angelo. Dans ce genre d'entreprise, je pense que l'on engage rarement des personnes extérieures. Personne ne veut bosser à la morgue, si ?

— Bienvenue, me dit-elle d'une voix basse et pleine de respect, comme si nous étions à l'église. Que puis-je faire pour vous ?

— Je viens voir Angelo. Dites-lui que c'est Mando, le neveu de Don Pachino.

Une lueur de compréhension et de curiosité brille dans ses yeux. Oui, c'est une entreprise familiale. Il ne s'agit pas d'une simple réceptionniste ; elle connaît l'Organisation.

— Bien sûr, dit-elle sans hésiter. Je vais le prévenir de votre arrivée.

Quelques instants plus tard, un petit homme dégarni d'une soixantaine d'années sort d'une pièce située au fond de la salle en fermant sa veste sur son ventre protubérant. Il me tend la main comme si nous étions de vieux amis.

— Mando, que puis-je faire pour vous ?

— On peut aller à l'arrière ? suggéré-je en montrant son bureau d'un signe de tête.

Il n'hésite qu'une seconde. Il a un peu le trac, mais je doute qu'il ait fait quoi que ce soit qui puisse lui attirer les foudres de la Famille. Son accueil était perplexe, mais chaleureux.

— Bien sûr, suivez-moi.

Je lui emboîte le pas et m'assois face à son bureau tandis qu'il met de l'ordre dans une pile de documents.

— Je sais que vous êtes la maison funéraire privilégiée de ma famille, et je vous remercie pour votre dévouement toutes ces années.

Je suis un peu rouillé, question baratin. Très rouillé, même. Mais je fais ça pour Hannah, alors je tiens à arriver à mes fins.

Angelo hoche la tête, toujours inquiet.

— Bien sûr, je suis au service de Don Pachino et des membres de sa famille.

— Je vais aller droit au but. Vous commandez des fleurs pour les cercueils ? Quand les gens n'ont pas leur fleuriste attitré ou qu'ils ne veulent pas s'en occuper eux-mêmes ?

— Oui, répond-il d'un ton légèrement interrogatif.

Je pousse les cartes de visite d'Hannah sur le bureau.

— J'aimerais que vous passiez vos commandes à cette entreprise. Ça me rendrait service.

Voilà comment se font les affaires, dans la *Famiglia*. Je ne demande pas, j'informe. Mais je présente cela comme un service.

À lui de voir s'il veut se demander s'il s'agit d'un ordre ou d'une requête polie.

Enfin non. Même les requêtes polies sont obéies, quand on a affaire aux Pachino.

Est-ce que je me demande si le don risque d'être fâché que je me serve de son nom pour aider la fille avec qui je couche ? Rien qu'un peu. S'il s'énerve, j'encaisserai. J'ai estimé qu'il n'était pas nécessaire de demander sa permission avant de venir ici. Je ne suis pas en train de commettre un meurtre. Je fais affaire, c'est tout.

Angelo ramasse l'une des cartes et l'examine.

— Avec plaisir, dit-il.

Voilà. Un jeu d'enfant.

— C'est gentil à vous.

Je me lève et lui serre la main.

— Je connais le chemin. *Buona giornata.*

— *Buona giornata*, lance Angelo dans mon dos.

Je ne regarde pas en arrière.

Quand je rentre chez moi - enfin, chez Hannah, mais je me sens plus chez moi chez elle que dans l'appartement vide que je ne peux plus regagner -, je la trouve sous la douche.

Je me déshabille et la rejoins pour un autre round.

Parce que m'enfoncer en elle est ma seule raison de vivre, en ce moment.

— Salut, dit-elle en m'encourageant à la rejoindre.

Je ne suis pas d'humeur à discuter. J'ai déjà trop parlé à mon goût, aujourd'hui. Là, je n'ai qu'un objectif en tête. Je retourne Hannah et plaque ses paumes au mur carrelé.

— Sors les fesses, ordonné-je.

Elle obéit, consciente que j'aime qu'elle se soumette.

Elle est tellement trempée que mon membre se glisse en elle sans difficulté.

La chaleur de l'eau nous excite, et nous baisons avec abandon. Elle émet des sons semblables à des petits miaulements, qui deviennent des gémissements sonores lorsque j'enchaîne les coups de reins.

— Putain, oui, grondé-je. Comme ça.

Le jet s'abat entre nos corps mêlés, ses cheveux lui collent au visage, mes mains lui maintiennent fermement les hanches.

— Plus fort, dit-elle d'un ton impérieux. Prends-moi plus fort.

Il ne faut pas me le dire deux fois. Ses gémissements

deviennent tellement sonores que l'on dirait presque des cris.

Je la pilonne, et je trouve ça super excitant.

J'ai envie de jouir sur ses fesses. Je glisse la main devant elle pour jouer avec son clitoris.

— Putain. Oh, putain. Oh, putain, s'écrie-t-elle.

Je lui donne une claque sur les fesses tout en m'enfonçant plus profondément à chaque va-et-vient.

C'est sauvage. Primitif. Et j'adore ça.

— Tu aimes que je te donne la fessée, coquine ?

Elle se cambre et agite le derrière.

— Oui.

Ma main s'abat sur sa chair encore et encore.

— C'est ce que je veux entendre, dis-je.

— Ça fait mal, avec l'eau, commente-t-elle en gémissant.

Je frappe plus fort.

— Tant mieux.

Je donne une petite claque à son sexe. Elle glapit, et je sens son vagin se contracter sur mon membre.

— À qui appartient cette chatte ? demandé-je en frappant encore.

Elle pousse une plainte.

— À toi. À toi.

Je lui donne une autre claque entre les jambes.

— Ne t'avise pas de l'oublier.

Je chasse les cheveux qui lui tombent sur le visage et je plante mon regard dans le sien tout en allant et venant en elle.

Elle est trop sexy.

Son expression se crispe. Son corps est raide sous le plaisir que je lui donne.

Je jouis profondément en elle, et nous nous écroulons tous les deux contre le mur de la douche.

L'eau chaude continue de s'abattre sur nous, une sensation délicieuse.

Je me retire et souris à Hannah.

— C'est quoi, ce regard ? s'enquiert-elle.

— Tu es à moi.

Du moins pour l'instant. En ce moment précis. Et je vais en savourer chaque seconde.

Elle me rend mon sourire et m'embrasse.

— Oui. Je suis à toi.

Chapitre Treize

Hannah

— Oui, je serai là, promets-je à ma mère tout en fabriquant une couronne de fleurs rouge, blanc et bleu.

À chaque fête nationale, Mary Alice fabriquait des couronnes de fleurs pour les chevaux de la parade du centre-ville. Le problème, c'est qu'avant de partir, elle a encaissé leur avance de cinquante pour cent, ce qui signifie qu'après avoir acheté les matières premières, je ne ferai aucun bénéfice sur ce contrat. Mais avec un peu de chance, ils m'engageront à nouveau l'an prochain.

— Tu nous as manqué, la semaine dernière, se plaint ma mère.

Elle est fâchée que je ne sois pas allée dîner chez eux dimanche. Je n'ai aucune envie d'y aller ce week-end non plus - je préférerais passer du temps avec Armando, et je doute qu'il se rende chez mes parents -, mais je ne peux plus faire faux bond à ma mère.

— Ton père a fait des analyses. Il a du cholestérol et une

tension élevée. On va lui faire passer des tests d'efforts pour le cœur.

— C'est inquiétant ?

— Eh bien, il est souvent essoufflé. Mais je l'ai convaincu d'aller voir un bon spécialiste.

Ma mère est infirmière dans le cabinet d'un pédiatre, et connaît donc tous les meilleurs médecins de Chicago.

— C'est peut-être juste le fait qu'il a cinquante-cinq ans et qu'il se laisse un peu aller.

— Il ne se laisse pas vraiment aller. Ton père est tout en muscles.

— Tout en muscles avec un bide à bière, commenté-je.

Mais ma mère a raison. Mon père travaille dur, et il est bien plus en forme que la plupart des hommes de son âge.

— Quoi de neuf de ton côté ? s'enquiert ma mère.

Je me mordille la lèvre en me demandant si je devrais lui parler d'Armando. Je déteste lui cacher des choses, mais que pourrais-je lui dire ? Qu'un mafieux se cache chez moi, et qu'il ne peut pas partir car il craint que ma vie aussi soit en danger ?

— Mary Alice suspend mes versements quelques mois, le temps que je développe l'entreprise.

Je suis reconnaissante à Armando de m'avoir poussée à renégocier.

— Tu as des soucis d'argent ?

La voix de ma mère est serrée par l'inquiétude. Mes parents n'étaient pas rassurés à l'idée que je reprenne la boutique. Ils m'ont aidée à payer les arrhes, et ils voulaient participer davantage, mais ma petite sœur, Kiana, est étudiante, et sa fac leur coûte une fortune.

— Non, je pense que je vais m'en sortir.

Je ne sais pas si c'est vrai ou pas, mais je suis plus

confiante que la semaine dernière, sans nul doute. Tout semble plus facile quand Armando est avec moi.

Et puis merde. Il faut que je lui dise.

— Je sors plus ou moins avec un homme...

— C'est vrai ? Amène-le dimanche !

— Euh, non, maman. Il est beaucoup trop tôt pour ça. Et il n'est pas très sociable, en ce moment.

— Comment ça ? demande-t-elle d'un ton suspicieux.

Je pousse un soupir et couds une autre fleur sur la couronne.

— Je ne sais pas. Il a une sorte de stress post-traumatique. Il dit qu'il ne ressent rien.

— Il est dans l'armée ?

— Pas exactement. Mais c'est un peu le même genre. Je ne veux pas te raconter sa vie sans sa permission.

— Bon, dit-elle avec lenteur. La chimie de son cerveau est peut-être déséquilibrée. Convaincs-le d'aller faire contrôler les niveaux de ses neurotransmetteurs.

C'est tellement évident que je me demande pourquoi je n'ai pas cherché d'explication scientifique à ce que vit Armando. Bien sûr qu'il s'agit d'un dérèglement. La dépression s'est sans doute installée quand il était en prison, et ses taux de neurotransmetteurs ne se sont pas rétablis comme par magie à sa sortie. C'est tout à fait logique. Je ne suis pas sûre que ce soit le genre de mec à accepter de consulter ou de se faire aider, cependant.

Je me sens mieux quand même. Armando semble croire qu'il a une terrible anomalie. Qu'il n'a pas d'âme. Qu'il est mort de l'intérieur et que rien ne peut le ramener à la vie. Savoir qu'il s'agit d'un déséquilibre chimique lui fera peut-être du bien.

— Merci, maman, je vais lui en parler. C'est une bonne idée.

— En tout cas, s'il veut venir dimanche, il est le bienvenu. Et on n'en fera pas tout un plat.

— Aucune chance, maman. À dimanche.

— D'accord, ma chérie. Je t'aime.

— Moi aussi.

Je raccroche pile quand Josie arrive, toujours aussi en retard. Mon estomac se serre, comme toujours en sa présence, ces derniers temps. Ma merveilleuse meilleure amie, qui me pourrit la vie en tant qu'employée. Je pense à Armando. À ce qu'il dirait. À la façon dont il m'a poussée à contacter Mary Alice immédiatement après avoir pris une décision. Ma bouche devient sèche rien qu'à l'idée de ce que je dois faire.

— Josie.

Ma voix sort comme un aboiement.

— Oui ?

Elle range son sac à main sous le comptoir et s'approche de moi.

— On peut parler ?

Les papillons que j'ai dans le ventre se déchaînent. Je suis convaincue de lire mon angoisse sur les traits de mon amie.

Seigneur. Je ne sais pas si j'en suis capable.

— Tu sais que je t'aime, hein ? dis-je.

Elle se fige. L'highlighter bronze qu'elle porte sur le haut des pommettes et du front lui donne des airs de top model. Je me demande pourquoi elle n'est pas mannequin, d'ailleurs. Elle a la beauté et la taille pour.

— Oui, répond-elle d'une petite voix presque apeurée.

Merde.

Moi aussi, j'ai peur. C'est pour ça que j'ai repoussé cette conversation aussi longtemps. Je ne veux pas perdre ma meilleure amie. Je ne veux pas lui faire du mal ou la blesser.

Mais si je ne change pas les choses, je vais finir par la détester. Je repense à Armando, quand il a insisté pour que je lui donne les raisons de ma colère. Ça m'avait fait du bien. Ça aura peut-être le même effet dans cette situation.

— Je ne suis pas sûre que le fait que tu travailles ici soit bénéfique à notre amitié.

C'est sorti d'un coup, comme l'air d'un ballon.

Elle écarquille les yeux.

— Ouais, dit-elle, un peu surprise.

J'ouvre la bouche, mais rien n'en sort, principalement parce que son *ouais* me désoriente.

Elle passe l'ongle de son pouce sur l'établi, les yeux baissés.

— Ça fait un moment que je voulais te parler de ça, justement, dit-elle à voix basse d'un ton désolé.

Je reste hébétée.

— Ah bon ?

Elle hoche la tête.

— Oui. Je ne voulais pas te laisser en plan, tu vois ? Cette boutique, c'est tout pour toi, et tu bosses tellement dur. Je n'ai pas envie de t'abandonner, mais... les fleurs, ce n'est pas vraiment mon truc. Je voudrais retourner à l'architecture d'intérieur, mais je n'ose pas candidater ailleurs si tu as toujours besoin de moi.

Le soulagement m'envahit, teinté d'une pointe d'humiliation.

— Je vois. Tu faisais ça pour m'aider. Bien sûr que ce n'est pas ton truc.

— Toi aussi, tu m'aidais, dit-elle d'un ton ferme.

Après avoir été renvoyée de son apprentissage, elle était déprimée. C'est à ce moment-là que j'ai proposé de l'employer. Comme elle était douée en décoration, j'ai conclu qu'elle adorerait les fleurs aussi. Chacune voulait donner un coup de main à l'autre. Mais je comprends que ce travail l'empêche de réaliser ses rêves.

— Alors... tu vas chercher autre chose ?

Elle hoche la tête.

— Si ça ne te dérange pas. Je suis désolée. Ça fait des semaines que je compte te le dire, mais je ne trouvais jamais le bon moment. J'ai l'estomac noué à chaque fois que je viens ici.

— Oh, mon Dieu, dis-je en lâchant un rire. C'était ton angoisse !

Je me masse le ventre, et maintenant que j'en ai identifié la source, mon anxiété a disparu.

— Je ressentais tes émotions ! m'exclamé-je.

Josie secoue la tête.

— Tu es bizarre. C'est limite de la science-fiction, ton truc.

— Je sais. Star Trek. Je suis comme Gem, l'empathe qui absorbe la douleur des autres. Sauf que moi, je ne la leur enlève pas. Complètement inutile, comme don. Je préfère-rais voir les fantômes ou prédire l'avenir. Être empathe, ce n'est pas un superpouvoir, mais un handicap.

Josie me serre dans ses bras.

— Si, c'est un superpouvoir. Tu n'as pas encore appris à t'en servir, c'est tout. Bon, qu'est-ce que je peux faire pour t'aider, aujourd'hui ?

— Une composition pour un cercueil. Je crois qu'Armando a mis la pression à une maison funéraire pour qu'elle me donne du boulot. Le patron m'a appelé et m'a dit qu'il avait cru comprendre que désormais, il ferait affaire avec ma boutique.

— Oh la vache ! Entrer dans la mafia a ses avantages.

— Je ne suis pas entrée dans la mafia. Mais, euh... oui. Armando a le don de faciliter les choses, c'est sûr.

Josie fait claquer sa langue.

— Je ne t'aurais jamais imaginée avec un mec comme ça, mais tu sais quoi ? Je crois que ça pourrait marcher entre vous.

— Ah bon ?

Elle hausse les épaules.

— Oui. Après tout, les Italiens sont censés être pleins de passion, non ? Et toi, tu es miss émotions. Vous irez bien ensemble.

Je secoue la tête.

— Il n'est pas émotif pour un sou. C'est même le contraire. Tout le contraire. Mais tu as raison. C'est peut-être pour ça que mes débordements émotionnels ne le dérangent pas. Il a l'habitude.

— Ou bien tu lui plais énormément, dit Josie en agitant les sourcils.

Du bout des doigts, je touche l'anneau serti de diamants qu'il m'a offert.

— Je n'ai pas cette impression. Mais je ne sais pas. C'est difficile à dire, avec un mec qui a les émotions au point mort.

— Si tu lui as pleuré dessus et qu'il n'a pas pris ses jambes à son cou, c'est que tu lui plais. Fais-moi confiance.

Je lui adresse un sourire d'imbécile heureuse, parce que je veux y croire. Et parce que je suis soulagée que nous ayons mis les points sur les i.

Je ne veux pas me porter malheur, mais j'ai l'impression que les choses commencent enfin à marcher pour moi. Je reprends mon entreprise en main. Et mon amitié. Je m'éclate au lit. Je suis amoureuse d'un homme qui m'accepte telle que je suis et m'encourage à me surpasser. Il y a encore des problèmes à régler, bien entendu. Mais l'espoir a envahi tous les recoins sombres.

Chapitre Quatorze

Armando

Hannah est assise à califourchon sur mes fesses, son sexe mouillé glissant sur ma peau tandis que ses mains couvertes d'huile me massent le dos.

J'ai vraiment du mal à le supporter. Ce n'est pas du sexe ; je l'ai déjà baisée bien comme il faut. Jusqu'à ce que les voisins cognent contre les murs, m'obligeant à les envoyer chier pour qu'ils nous laissent tranquilles.

Mais ça ?

C'est presque de la torture. Je n'aime pas que l'on me touche.

J'aimais peut-être ça, avant. Dur à dire. Ça remonte à trop loin. En tout cas désormais, c'est difficilement supportable. Mais Hannah tenait à me masser. Elle en a fait tout un foin. Elle est allée chercher son huile de massage dans la salle de bains d'un air satisfait.

Alors je ferme les yeux et je tends l'oreille. J'écoute ses

petits gémissements lorsqu'elle dénoue mes muscles avec ses pouces. Comme si me caresser l'excitait. J'absorbe l'attention qu'elle porte à mon corps, la façon dont elle trouve toutes mes zones tendues et les pétrit jusqu'à ce qu'elles se détendent.

Et pendant tout ce temps, je tente de comprendre pourquoi elle fait ça. Pourquoi elle a *envie* de faire ça.

— Qu'est-ce qui t'a le plus manqué, quand tu étais en prison ? me demande-t-elle. À part la liberté, je veux dire.

Seigneur. On va vraiment parler de la tôle maintenant ?

Tous les efforts que j'ai faits - qu'elle a faits - pour dénouer mes muscles sont bons à jeter. Je sens mon corps se crisper à nouveau. Je suis tenté de l'envoyer balader. D'ignorer sa question ou de lui dire que je ne veux pas en parler. Mais elle se donne tellement de mal que j'aurais l'impression d'être un salaud. Alors je réfléchis.

— Le sexe serait la réponse la plus facile. C'est ce qui me manquait le plus au début, avant que...

— Avant que quoi ? demande-t-elle avec douceur.

— Avant que je change. Que je perde mes émotions. Que je quitte mon corps.

Les mains d'Hannah continuent de me caresser le dos, chassant les tensions causées par ce que je dis.

— Alors qu'est-ce que tu attendais avec le plus d'impatience à ta sortie ?

Je réfléchis. C'était surtout la liberté. Je ne voulais voir ni rien ni personne.

— La nourriture, sans doute, admets-je, car c'est la seule chose qui sonne à peu près vrai. Les ziti au four de ma mère. Les calzones de Gio.

— Tu es vraiment fan de cuisine italienne, dit-elle avec un sourire dans la voix. Moi, tout ce que je sais faire, c'est les spaghettis.

À l'entendre, on dirait qu'elle a envie de cuisiner pour moi, et je trouve ça adorable. Surtout qu'à ce que je sache, Hannah n'est pas un cordon-bleu. Je ne suis même pas sûr qu'elle aime particulièrement manger.

— Les calzones dont tu parles, ce sont celles que tu as commandées pour nous, lors de ta première soirée ici ?

— Oui.

— Et les ziti ? Tu en as mangé depuis ta sortie ?

— Non. J'ai envoyé ma mère en voyage le temps que les choses se tassent ici. Je ne veux pas qu'elle soit blessée.

Je commence à parler affaires avec Hannah, chose que je ne devrais jamais faire.

Mais ça me paraît tout naturel. Comme si elle méritait de savoir ces choses à mon sujet.

— Tu es proche d'elle ?

— Avant, je l'étais, oui. Elle est géniale. Elle est prête à tout pour moi, tu vois ? Mon père est parti quand j'avais huit ans, alors on a presque toujours été que tous les deux.

— Et tu es entré dans le Milieu pour l'aider financièrement ?

Elle fait glisser ses mains sur mes épaules et masse les muscles du haut de mes bras.

J'attends un instant, conscient que je ne devrais pas lui répondre.

— Ouais, dis-je enfin. Sa sœur est mariée au don. Alors j'étais vu comme un membre de la famille, et on m'a proposé du boulot. À Marco et à Léo aussi. Ce sont mes cousins du côté de ma mère. On a tous été initiés ensemble. Ce sont des frères pour moi, désormais. Comme tu l'as constaté.

— Mmm, murmure Hannah sans cesser de pétrir mes muscles.

— Pourquoi tu fais ça ?

— Quoi ?

— Le massage ? Les questions ?

Elle garde le silence, et je commence à me dire que c'était salaud de ma part, comme question, et qu'elle n'a pas envie de répondre. Puis elle dit :

— Je veux que tu te sentes bien, c'est tout. C'est l'effet que tu as sur moi.

Elle veut que je me sente bien. Sans idée derrière la tête. Sans orgasme à la clé. Pour elle, il ne s'agit pas d'une transaction.

Cette révélation me fait un drôle d'effet. Une fissure traverse le bouclier qui enserre mon torse. Lentement, sur plusieurs minutes, je lâche prise. Je la laisse me donner ce qu'elle veut.

Puis je roule sur le dos et je la dévisage. Elle m'observe en retour, ses mains huileuses caressant mes pectoraux, puis l'avant de mes épaules. Pendant tout ce temps, mon regard reste plongé dans ses yeux bruns chaleureux.

— Tu es belle, murmuré-je.

C'est plus profond que du sexe. Bien plus profond. Ça... ça s'appelle de l'intimité. Et je ressens quelque chose. Rien d'énorme. Un truc un peu inconfortable. Tout doux. Qui me gonfle la poitrine.

Un *lien* entre nous.

Voilà ce que je ressens.

Tout en moi est concentré sur Hannah. Je tends la main vers son visage, et ma paume épouse la forme de sa joue. Je l'attrape et la retourne sur le dos, intervertissant nos positions. Mon instinct est d'y aller fort et avec passion, comme d'habitude, mais je me réfrène. Je continue de l'admirer. De savourer ce lien. Je l'embrasse avec sincérité. Pas comme si je risquais de mourir si notre baiser prenait fin - ce que je ressens généralement quand je la touche. Cette fois, je suis plus doux. J'écoute l'espace entre nous. Autour de nous. En nous. Mes lèvres caressent les siennes. C'est sensuel. Érotique, mais pas lubrique. Ma langue glisse dans sa bouche.

J'ai de nouveau une érection, et l'idée de mettre un préservatif m'est insupportable. Comme si en cet instant, je ne voulais aucune barrière entre nous.

Je place un genou entre ses jambes pour les écarter.

— Je me retirerai, lui promets-je. Je veux te sentir. Tu veux bien ?

Il y a tant de confiance dans ses yeux lorsqu'elle hoche la tête, les yeux brillants comme si j'étais tout pour elle. Je vais et viens lentement en elle, sans me précipiter, et je me délecte de chaque sensation. Ça doit être ça, l'amour. Si j'étais capable de le percevoir... ça doit être ce genre de moment qui convainc les gens qu'ils sont amoureux.

Cette présence.

Je l'embrasse à nouveau, comme s'il s'agissait de notre premier baiser. Comme si j'étais du genre à y aller doucement et avec finesse.

Mes mouvements finissent par prendre de l'ampleur, et mon regard est tellement ancré dans le sien que j'oublie presque de me retirer et que je finis sur son ventre.

Ça ne me paraît pas naturel. Comme si j'aurais dû éjaculer en elle. Appuyé sur mes coudes, je continue de la regarder jusqu'à ce que ses yeux s'embuent. Elle ne se détourne pas et laisse ses larmes couler sur ses joues et tomber sur l'oreiller sous sa tête, sans tenter de se cacher.

Elle me donne ces larmes ; elle m'en fait l'offrande.

Si seulement je savais comment m'en servir.

Mais j'ai l'impression que c'est le cas. Ou que je touche au but.

Je sens que quelque chose change en moi. Qu'un morceau d'humanité emprisonné se libère.

Chaque nuit avec Hannah me rapproche de mon objectif.

Chapitre Quinze

Hannah

Je ne peux pas m'empêcher de jubiler pendant que j'organise notre rendez-vous surprise à la cascade. Mon pouls virevolte d'impatience. J'espère que le décor plein de sérénité permettra à Armando de se détendre et de se confier à moi. En plus, j'ai désespérément besoin d'une parenthèse, moi que le sort du *Jardin d'Éden* préoccupe en permanence. Nous avons bien mérité ce moment de répit.

— Armando, dis-je d'une voix légèrement tremblante d'enthousiasme. J'ai une surprise pour toi.

Il hausse un sourcil, son expression insondable.

— Qu'est-ce que c'est ?

Je m'approche de lui, et j'effleure ses abdos en béton.

— Si je te le disais, ce ne serait plus une surprise.

Il hésite.

— Les surprises, ce n'est peut-être pas l'idéal pour moi, en ce moment. Vu ma situation.

Je m'attendais à ce genre de réponse. Mais je ne me

laisse pas décourager. Je suis déterminée à rendre sa vie plus lumineuse, même si pour cela, je dois abattre les murs qu'il a érigés autour de lui brique par brique.

— Je connais ta situation, et je te promets que ça ne nous mettra pas en danger.

Je lui lance les clés du van.

— Tiens. Tu peux conduire.

J'espère que lui donner ce zeste de contrôle l'encouragera à me suivre.

Il esquisse un sourire.

— Bon, d'accord. Si c'est moi qui conduis.

Il me tend la main, et je la saisis tandis que nous quittons l'appartement pour rejoindre le van.

Je reste sur mes gardes, cependant, pendant que nous prenons le chemin de notre destination mystère. Je reste consciente du poids de son passé et des dangers qui rôdent toujours. Mais je suis bien décidée à faire tomber ses défenses.

— Tu ne me donnes pas d'indices ? demande-t-il enfin en me jetant un coup d'œil.

Je sautille presque sur mon siège, tellement j'ai envie de lui révéler ce qui l'attend. Je n'ai jamais été douée pour garder les secrets.

— Non ! réponds-je en gloussant. Tu vas devoir patienter.

Il pousse un soupir presque inaudible.

— Très bien, dit-il avec un petit sourire aux coins des lèvres. Mais ça a intérêt à m'impressionner.

J'ai du mal à contenir ma joie en voyant Armando se dérider. Son sourire est subtil, mais bien présent, et il a un goût de victoire. Nous ne sommes plus très loin de la cascade, un secret bien caché des environs de Chicago, et mon euphorie grandit à chaque kilomètre parcouru. Je n'ai pas visité cet endroit depuis une éternité, et je me demande bien pourquoi.

— On y est presque, annoncé-je, toute guillerette. Dans moins d'une demi-heure, c'est promis.

Armando secoue la tête, mais il a un regard amusé. La gaîté commence à prendre le pas sur son expression bourrue. Mon plan fonctionne peut-être.

Je lui indique la route. Le son des chutes d'eau emplit l'air lorsque nous descendons enfin du van. La forêt dense qui nous entoure est comme un monde secret qui ne demande qu'à être exploré.

— J'ai une tête à randonner ? me taquine-t-il, mais je vois qu'il est content.

— Ce n'est pas loin. Viens.

Je le prends par la main et le mène sur le sentier battu qui conduit à la cascade.

— Tu vas adorer cet endroit.

Tandis que nous approchons des eaux rugissantes, il observe les alentours, admirant les feuilles d'un vert vif et les fleurs sauvages qui bordent le chemin. Je songe que c'est le moment idéal pour lui confier un peu de mon passé.

— Je venais sans arrêt ici quand j'étais petite, dis-je avec une pointe de vulnérabilité. Ça faisait une coupure bien méritée avec le bruit et la grisaille de la ville. C'est ici qu'est né mon amour des fleurs et des plantes. J'ai toujours su qu'il fallait que je travaille dans un bel environnement coloré.

— Je n'ai jamais été très nature, dit-il en passant un bras autour de moi. Mais maintenant, si. Ou en tout cas, j'adore les fleurs.

Il m'embrasse sur la joue, et je ris.

— Oui, j'ai toute la couleur et la beauté qu'il me faut, quand je suis avec toi, ajoute-t-il.

Mon cœur saute un battement, face à une telle victoire.

Armando s'adoucit. Il se révèle. Je le sens dans son étreinte ferme. Je l'entends dans ses mots. Et quand il me regarde dans les yeux, je le vois également.

Il prend une grande inspiration.

— La prison, c'était... étouffant, commence-t-il d'une voix lourde d'émotion. Tout était gris, des murs au sol en passant par les barreaux qui me maintenaient en cage. J'avais du mal à imaginer quoi que ce soit d'autre.

Il se penche et dépose un petit baiser sur mes lèvres, puis ajoute :

— Jusqu'à maintenant.

Je ne peux pas comprendre ce qu'il a vécu, mais je suis contente qu'il soit prêt à se confier. J'ai beaucoup de questions sur son incarcération, mais je ne les poserai jamais. J'attendrai simplement ce genre de moment. Quand il se livrera par petits morceaux.

— Je ne te mérite pas, dit-il.

— Mais si, affirmé-je avant de l'embrasser. Tu es la meilleure chose qui me soit arrivée.

— Ma vie...

Il s'interrompt et regarde autour de lui. Il tend la main vers notre environnement.

— Ça, ça n'a jamais été ma vie. Les fleurs, la nature et... Ma vie n'était pas comme ça.

— Maintenant si.

Je l'entraîne vers notre destination.

Tandis que je le guide le long de la rivière, le son de l'eau et le chant délicat des oiseaux emplissent l'atmosphère. Le soleil filtre à travers les branches d'arbres, jetant des ombres tachetées sur le sol.

Alors que nous continuons notre promenade, mon pied glisse sur une pierre mouillée. D'instinct, Armando me rattrape par le bras, m'évitant de perdre l'équilibre. Son geste attentionné me provoque un frisson ravi, mais j'ai beau aimer qu'il se montre protecteur, j'ai envie de lui montrer que je suis également capable de me débrouiller toute seule. Avec douceur, je dégage ma main de la sienne et progresse seule parmi les pierres.

— Tout va bien ? demande-t-il d'une voix rocailleuse.

Quel dur ! Tout n'est que grognement et grondement, avec lui.

— Oui, tout va bien. Je voulais seulement me prouver, et te prouver que j'étais capable d'y arriver toute seule.

Il hoche la tête, comprenant visiblement mon besoin d'indépendance, même si je vois l'inquiétude dans ses yeux.

— Du moment que tu ne dégringoles pas sur les fesses, Pâquerette. Je me suis attaché à elles, ces derniers temps, dit-il en prenant ses distances, mais sans cesser de garder un œil sur moi.

Le bruit de la cascade s'amplifie alors que nous continuons de longer le ruisseau, et sa brume mouillée rafraîchit l'air. Lorsque le sentier décrit un virage, elle se retrouve soudain face à nous, ses jets précipités dans l'eau transparente en contrebas.

— Ouah, soufflé-je, époustouflée par la beauté de cette scène. C'est encore plus impressionnant que dans mes souvenirs. Ça fait trop longtemps que je ne suis pas venue.

Armando admire la sérénité de ce lieu loin de tout. Son regard s'attarde sur moi, et je vois la tension dans ses épaules s'envoler en partie. Il semble presque... détendu.

— Ferme les yeux, lui dis-je avec douceur, une main sur sa poitrine.

Il hésite, mais finit par obéir, et ses paupières se ferment. De mon autre main, je cueille une fleur sur un buisson sauvage, et je la porte à son nez pour qu'il hume son odeur délicate.

— Tu sens ça ? C'est l'odeur du bonheur, pour moi.

Il ouvre lentement les yeux, puis se penche sur mon cou et inhale profondément.

— L'odeur du bonheur, pour moi, c'est celle-là, répond-il.

Il me serre dans ses bras et capture mes lèvres dans un baiser brûlant. Ses mains s'enfoncent dans mes cheveux, me maintenant contre lui tandis que nous nous perdons dans cette étreinte. Il me soulève, puis m'allonge sur la mousse moelleuse au bord des chutes d'eau. Nos lèvres se rencontrent à nouveau, et la passion entre nous s'intensifie à chaque seconde.

Je caresse son torse et sens chacun de ses muscles se contracter sous sa chemise. Les mains d'Armando se promènent le long de mon corps, de mes courbes. Je me cambre contre lui, et un petit gémissement m'échappe lorsqu'il se presse contre moi.

Ses lèvres quittent les miennes pour m'embrasser dans le cou, envoyant un frisson le long de mon échine. Ses doigts glissent sous la ceinture de mon jean pour le faire glisser le long de mes jambes en même temps que ma culotte. Je soupire lorsque ses doigts effleurent l'intérieur de ma cuisse, son souffle chaud chatouillant ma peau.

— Hannah, crois-je l'entendre dire malgré le bruit de la cascade.

Il remonte le long de mon corps, et ses lèvres retrouvent les miennes. Je sens la chaleur qui émane de son corps, la bosse dans son pantalon pressée contre ma jambe. Je déboutonne son pantalon pour libérer son érection.

Je le serre contre moi, et nos corps ne font plus qu'un. La passion est palpable entre nous. Notre désir brûle avec férocité. J'ai envie de lui, besoin de lui, et il en est conscient. Ses mains parcourent mon corps avant de trouver la zone sensible entre mes jambes. Je halète alors qu'il commence à me caresser, chaque mouvement m'envoyant des ondes de plaisir.

Je crois que cet homme est infatigable. Je n'ai jamais autant fait l'amour de toute ma vie, et j'en veux encore.

Il grogne lorsque je le prends en main et me mets à le caresser lentement. Il m'embrasse profondément, sa langue luttant contre la mienne tandis qu'il se positionne contre mon entrée.

— J'ai envie de toi, dit-il d'une voix rauque de désir. Je ne sais pas si c'était ton intention en m'emmenant ici. Mais je ne peux pas résister plus longtemps.

Il s'enfonce lentement en moi jusqu'à ce que son membre m'emplisse pleinement. Je pousse un gémissement sonore lorsqu'il commence ses va-et-vient, chacun de ses mouvements me rapprochant de l'orgasme. Je plante mes ongles dans son dos, m'agrippant à lui tandis que nos corps se balancent.

Je sens la jouissance approcher à chaque seconde qui passe. Je contracte les muscles et retiens mon souffle, tentant de retarder l'extase qui se profile.

Armando a le souffle court, le visage et le cou rougis de passion. Je vois bien qu'il n'est pas loin de finir, lui non plus, mais quelque chose le retient.

— Jouis avec moi, lui murmuré-je à l'oreille, mes cuisses serrées autour de lui.

Mes mots lui font l'effet d'un électrochoc. Ses coups de reins deviennent plus puissants que jamais alors qu'il s'enfonce profondément en moi. Je pousse un cri en sentant une vague de plaisir s'écraser sur moi. Mes muscles se contractent en rythme pendant qu'Armando éjacule en moi, tremblant de plaisir sous l'orgasme.

Il s'écroule sur moi, me coupant le souffle. Nos corps

sont trempés de sueur, mais nous ne bougeons pas. Nous restons allongés ainsi quelques instants, jusqu'à ce qu'Armando se retire enfin. Il m'embrasse doucement sur les lèvres.

Nous ne disons pas un mot. Nous nous contentons de respirer.

Lorsque le soleil commence à disparaître sous la ligne d'horizon, baignant le monde alentour d'une lueur rose et or, Armando et moi nous séparons un instant, nos regards plongés l'un dans l'autre. Le sien me dit tout ce que j'ai besoin de savoir : il est tout aussi fou de moi que je suis folle de lui.

Chapitre Seize

Armando

Je gare le van en double file et mets mes feux de détresse. Nous sommes en plein centre-ville un samedi, car Hannah doit livrer une douzaine de couronnes de fleurs pour les chevaux de la parade du quatre juillet. C'est le cirque, ici, mais ça ne me dérange pas. J'aime l'énergie de la ville, ou en tout cas, j'aimais ça, quand j'éprouvais encore des émotions.

Quand je ne passais pas mon temps à regarder par-dessus mon épaule.

Hannah est contaminée par l'énergie ambiante, c'est évident. Elle porte une robe bustier blanche super sexy qui lui fait des seins très appétissants, mais qui me donne envie de donner un coup de poing au premier homme qui osera les reluquer.

— Pourquoi tu boudes ? me demande-t-elle d'un ton léger en plaçant une pile de couronnes dans mes bras tendus.

— Pour rien, grommelé-je.

— Arrête tes conneries.

Je lui jette un regard derrière les fleurs, car dire des gros mots, ça ne lui ressemble pas, et je réalise qu'elle imite ce que je lui ai dit l'autre jour. Elle sourit.

— C'est ton décolleté, admets-je. Je tuerai le premier *stronzo* qui te matera. Et je serai obligé de retourner en prison.

Elle continue de sourire, comme si j'avais dit quelque chose d'adorable.

— Tu ne feras rien de tel. Tu vas être fier comme un paon, car *tout ça,* dit-elle en indiquant son corps sublime, c'est avec toi.

Bon sang. Je suis un peu surpris par la sensation que provoque chez moi ce qu'elle vient de dire. Je commence peut-être vraiment à éprouver des sentiments, car je sens l'approbation s'élever en moi.

Oui, elle a bien raison.

Je la cloue du regard.

— Tout ça, c'est *à moi*, rectifié-je en l'admirant de bas en haut.

Je ne voudrais pas qu'il y ait de malentendu.

Elle hausse un sourcil.

— Oh, vraiment ?

Je secoue la tête d'un air d'avertissement.

— Ne me cherche pas. Je péterai les plombs. Tu sais bien qu'il m'en faut peu pour casser la gueule d'un mec.

Son sourire s'élargit alors qu'elle s'empare des autres couronnes pour les porter elle-même.

Elle aime bien mon côté connard.

J'ai de la chance.

Nous nous faufilons à travers la foule. La parade ne commence que dans deux heures, mais les rues sont déjà envahies. Nous trouvons le groupe qui a commandé les couronnes, et nous les remettons au responsable.

— Tu veux qu'on reste un peu ? me demande Hannah, rayonnante.

Son rideau de boucles rebondit dans son dos à chacun de ses pas, effleurant ses fesses à chaque ondulation de ses hanches sensuelles. Elle est de bonne humeur, aujourd'hui ; beaucoup plus légère. Elle et sa meilleure amie ont discuté, la semaine dernière, et Josie a démissionné. Ou Hannah l'a virée. Mais elles sont en bons termes, et Hannah semble beaucoup plus heureuse. J'aurais dû réaliser que cette relation lui pesait, en plus de tous ces autres problèmes à la boutique.

— Tu ne dois pas retourner au travail ? lui demandé-je.

Elle a confié la boutique à Josie, aujourd'hui - c'est son dernier jour -, mais je sais que son amie n'est pas très fiable.

— Autant profiter tant que j'ai quelqu'un pour me seconder. Je vais bosser toute seule pendant plusieurs mois, le temps d'arranger la situation. C'est ma dernière occasion de ne *pas* travailler le samedi.

Je la prends par la main et entremêle nos doigts. Parfois, je jurerais qu'une partie de sa joie s'insinue en moi. Nous fendons la foule de plus en plus dense. Le soleil me réchauffe la tête et les épaules. Nous allons nous acheter un smoothie, car il commence à faire trop chaud. Des amplis diffusent de la musique dans les rues, et les gens se promènent vêtus de rouge, de blanc et de bleu, le visage peint dans les mêmes couleurs.

Puis nous croisons un groupe d'hommes sur le trottoir. Je reconnais leurs tatouages, mais je baisse la tête et continue d'avancer. Après quelques pas, je jette un regard discret derrière moi.

Eh merde.

Ils se sont arrêtés et m'observent.

Je glisse les clés du van dans la main d'Hannah.

— Pars en courant, lui dis-je. Monte dans le van et attends-moi. Si dans vingt minutes, je ne t'ai pas encore rejointe, rentre chez toi. Oublie que tu m'as connu.

— Quoi ?

La panique se lit dans ses yeux, mais je la pousse dans la foule et je m'enfuis dans l'autre sens, dans une ruelle, en priant pour que les types ne s'en prennent pas à elle pour m'atteindre.

Heureusement, ils se lancent tous les trois à mes trousses.

Je cours à toute vitesse, mais mon endurance est nulle, désormais. J'ai réussi à entretenir mon physique en faisant des pompes et des abdos, en prison, mais je n'avais pas vraiment l'occasion de faire des tours de piste dans la cour.

Mais là, ma vie est en jeu. Je remercie le Seigneur qu'ils ne soient pas armés, sinon j'aurais sans doute déjà reçu une balle dans le dos.

Il n'est pas impossible que je sois capable de les maîtriser tous les trois, dans un combat à mains nues. Mais nous sommes en plein centre-ville, avec des tas de témoins, et je n'ai aucune envie que les flics s'en mêlent.

Je me précipite vers la station de métro, et j'ai le temps d'acheter un ticket avant que mes poursuivants montent l'escalier. À son sommet se trouve un vigile, et je reste juste à côté de lui, accroupi comme si je faisais mes lacets.

Les hommes regardent dans tous les sens et ne me repèrent pas tout de suite.

Le métro arrive et les portes s'ouvrent. Je bouge trop vite, attirant leur attention, et ils se précipitent vers mon wagon. Je le traverse en courant, les regardant pousser ses occupants pour m'atteindre. Lorsque les portes commencent à se refermer, je bondis sur le quai.

L'un des types parvient à sortir derrière moi. Les deux autres gesticulent et crient derrière la vitre tandis que le métro repart à toute allure.

Je suis essoufflé à cause de ma course, et mon cœur bat la chamade.

J'observe l'homme qui est descendu du wagon, et il me rend mon regard. Un seul type. J'aurai sûrement le dessus. Il ne fait plus le malin, sans ses potes. Bien sûr, je serai peut-être obligé de le tuer, comme le tueur à gages dans la boutique d'Hannah. Et nous sommes dans un lieu public, ce qui signifie que je serais arrêté.

Pour très longtemps.

Je pense à Hannah.

C'est pour elle que je me suis enfui. Pour les attirer loin d'elle.

C'est pour elle que je n'ai pas pris de risque. Et elle est en train de m'attendre. Je m'élance et descends les marches quatre à quatre. Il faut que je sème cet homme pour la rejoindre. J'en suis capable, même si mes poumons semblent prêts à exploser.

Je traverse les rues comme un dératé. Je pense que mon poursuivant est toujours derrière moi, mais je me fonds dans la foule et je parviens à me débarrasser de lui.

Je parcours huit pâtés de maisons avant de repérer le van. Je regarde d'abord autour de moi. Hors de question que je laisse ce type me voir monter dedans, s'il me suit toujours. Hannah est assise derrière le volant, et en me voyant arriver, elle démarre. Je pense avoir semé mon poursuivant. Je me jette dans l'habitacle et claque la portière.

— Démarre, Pâquerette. Conduis le plus vite possible.

Elle hoche la tête, les narines dilatées, les yeux écarquillés. Ses mains sont crispées sur le volant.

Lorsque nous parcourons la rue, j'aperçois le type.

Et je suis convaincu qu'il me voit, lui aussi. Il voit le van. Il voit Hannah.

— Merde ! rugis-je en abattant la main sur le tableau de bord.

Hannah sursaute.

— Quoi ?

Je secoue la tête. Je ne veux rien lui dire. Elle a déjà assez peur comme ça.

— Ne t'inquiète pas. Je vais régler ça, promets-je, bien que je n'aie aucune idée de la marche à suivre pour y parvenir.

Tout ce que je sais, c'est que je ne laisserai personne emmerder Hannah. Et que je tâcherai de rester en vie pour tenir parole.

Chapitre Dix-Sept

Hannah

Mon cœur tambourine dans ma poitrine pendant tout le chemin du retour chez moi. Le mutisme d'Armando n'arrange rien. Son corps, lui, est sous tension et l'atmosphère dans le van m'étouffe.

Ce n'est pas ma tension, me rappelé-je en songeant à l'angoisse que je ressentais en présence de Josie, alors qu'il s'agissait de ses émotions à elle. *Ce n'est pas ma tension, c'est celle d'Armando.*

Il n'empêche que l'homme auquel je tiens énormément malgré moi est traqué comme une proie, alors oublier cette tension m'est impossible.

— Qui est à tes trousses, Armando ? Et pourquoi ?

Je sais que je ne devrais pas poser de questions. Il ne parle pas affaires avec moi, mais c'est la deuxième fois que je me suis sentie en danger de mort. J'ai le droit de savoir.

Il se frictionne le visage.

— J'ai tué un mec en prison. Pour me défendre.

Il me jette un regard sombre, comme s'il craignait ma réaction.

Je hoche la tête. Je ne suis pas vraiment surprise. Je me doutais qu'il avait vécu des choses terribles, là-bas.

— Il faisait partie d'un gang. Et désormais, les membres de ce gang veulent me tuer.

Non ! s'écrie une voix dans ma tête. J'avais beau savoir que quelqu'un souhaitait la mort d'Armando, entendre son explication me met en colère pour lui. C'est quelqu'un de bien. Avec des valeurs. Un code de conduite. Très jeune, il s'est retrouvé mêlé à un milieu dangereux, mais ce n'est pas sa faute. Il fait de son mieux avec le destin dont il a hérité.

Et j'aimerais vraiment que la vie lui lâche un peu la grappe, pour changer.

Je trouve une place de parking pile quand ma mère m'appelle. Je compte dîner chez eux demain, alors je ne réponds pas. Dès que mon téléphone arrête de sonner, elle rappelle.

Je coupe le moteur et décroche.

— Hannah, c'est ton père, annonce-t-elle d'une voix tendue. J'ai dû lui appeler une ambulance, et je suis en train de les suivre.

— Quoi ?

Un sanglot étrangle ma voix. Cette journée va de mal en pis.

— Que s'est-il passé ? demandé-je.

Armando se fige en entendant la terreur dans ma voix, et il me dévisage.

— Il a fait un infarctus, mais je lui ai fait un massage cardiaque jusqu'à l'arrivée des secours. Je pense qu'il va s'en sortir, mais rien n'est certain pour l'instant.

— Quel hôpital ?

— Cook County.

— D'accord, dis-je d'une voix étranglée. J'arrive.

— Merci, ma chérie. Appelle-moi quand tu y seras.

— Qu'est-ce qu'il y a ? me demande Armando dès que je raccroche.

Des larmes roulent sur mes jours.

— Mon père. Il a fait une crise cardiaque.

— D'accord, dit Armando avec douceur en ouvrant sa portière. Je vais conduire, *bambi*.

J'ignore pourquoi il m'appelle Bambi, mais je n'ai pas la présence d'esprit de lui poser la question. Je descends de mon siège en titubant, et je le laisse me rattraper. Il me serre dans ses bras.

J'absorbe sa force et sa puissance. Son soutien.

Nous nous rendons à l'hôpital en silence. J'arrache mes cuticules jusqu'à ce qu'elles saignent. Armando me jette des regards inquiets. Quelqu'un vient d'essayer de le tuer, mais c'est pour moi qu'il se fait du souci.

Nous trouvons ma mère dans la salle d'attente, et je suis obligée de la présenter à Armando, mais tout est flou. Alors que nous nous asseyons pour patienter, je commence à comprendre le vide qu'éprouve Armando.

Je me sens engourdie. J'étouffe ma peur, et à la place, je ne trouve rien. Un néant émotionnel total.

J'entends des bruits - la télévision, les conversations des gens -, mais ils ne m'évoquent rien. Je sens la main d'Armando sur la mienne, mais elle ne m'inspire ni gratitude, ni réconfort.

J'ignore combien de temps je passe à attendre ainsi, à retenir mon souffle, à peine en vie, dans le purgatoire de l'inconnu. Du vide.

Puis un médecin arrive.

— Mme Munn ?

Ma mère bondit sur ses pieds, et Armando et moi l'imitons.

— Vous pouvez me suivre. Votre mari a subi une crise cardiaque peu sévère. J'aimerais le garder en observation pour la nuit, mais il pourra sans doute rentrer demain.

— Dieu merci, soufflé-je en tombant dans les bras d'Armando. Il me retient avec force. Ses lèvres se posent sur le sommet de mon crâne, puis nous suivons le médecin.

Lorsque nous entrons dans la chambre de mon père, je me précipite vers lui pour l'embrasser et l'étreindre. Je suis tellement choquée de le voir relié à des machines par plein de tuyaux que je ne remarque pas qu'Armando s'est raidi.

— Vous, crache mon père en le regardant.

Ma mère et moi restons bouche bée, surprises de le voir fusiller Armando du regard.

— Qu'est-ce que vous foutez là ? lui demande mon père.

Je jette un regard à Armando, rongée par la méfiance.

— Tu connais mon père ?

— Oh, non, m'interrompt mon père d'un ton décidé. Pas ma fille. Vous ne toucherez pas à ma fille.

Armando lève les mains et se dirige vers la porte.

— Armando, dis-je pour l'arrêter.

— Je ne veux contrarier personne, répond-il en pointant mon père du menton.

C'est une bonne chose, vu que ce dernier vient de faire un infarctus, mais je suis trop préoccupée par mon incompréhension pour y penser.

— Attends, comment est-ce que tu connais mon père ? Qu'est-ce qui se passe ?

— On travaille ensemble, dit Armando.

Mon père ricane. Armando est déjà sur le seuil.

— Je t'attendrai dans l'entrée, me dit-il. Prends ton temps.

Je regarde la porte se refermer derrière lui, et je me sens abandonnée. Bon sang. C'est quoi cette histoire ? Je me tourne vers mon père.

— Comment tu le connais ?

Il me regarde d'un air mécontent.

— Dis-moi que tu ne sors pas avec ce type.

— Pas exactement.

Je couche régulièrement avec lui, mais rien d'officiel. Bizarrement, je ne pense pas que cela adoucisse mon père, alors je ne lui donne pas d'explication plus poussée.

— C'est de lui que tu me parlais ? me demande ma mère. L'homme avec un stress post-traumatique ?

Je hoche la tête sans quitter mon père des yeux.

— Dis-moi comment tu le connais.

Mon père tente de s'asseoir, et il grimace.

— Doucement, dis-je en posant ma paume sur sa poitrine.

Ma mère serre sa main dans la sienne.

— Hannah, ma chérie, je suis désolé de t'annoncer ça, mais ce type fait partie de la mafia.

J'éclate presque de rire.

— Oh. Oui, je sais, papa. Tu te souviens quand je t'ai dit que l'immeuble où se trouve le *Jardin d'Éden* leur appartenait ? Je connais Armando depuis des années.

Mon père fronce les sourcils et jette un regard noir en direction de la porte.

— Je ne veux pas que tu fréquentes des types comme lui.

Je me hérisse, mais mon père se trouve sur un lit d'hôpital, et je ne devrais pas le contrarier.

— C'est quelqu'un de bien, papa. Mais on ne sort pas officiellement ensemble, alors ne t'en fais pas.

Je jette à mon tour un coup d'œil à la porte. Armando

n'a même pas tenté de protester, face à mon père. Il s'est contenté de s'en aller. Je sais que ce n'est pas mon petit ami, mais ça fait mal quand même. Comme s'il ne s'était pas battu pour moi.

— Mais alors, ça veut dire qu'il travaille dans le bâtiment ? demandé-je, incrédule.

— Il ne sert à rien, répond mon père. La mafia a obligé le syndicat à lui trouver un poste. Il ne fout rien, et il récolte un chèque. Un type irréprochable, ton mec.

— Ce n'est pas mon mec, répliqué-je d'un ton ferme, comme si je cherchais à m'en convaincre une bonne fois pour toutes.

Armando a été parfaitement clair, non ? Nous ne sommes pas en couple. Il se cache chez moi, et nous couchons ensemble.

Fin de l'histoire.

J'ai les joues brûlantes. Maintenant que je sais que mon père va bien, j'ai hâte de partir. Je me penche sur lui pour l'embrasser sur la joue.

— Je suis contente que ça ne soit pas trop grave, papa. Tu nous as vraiment fait peur.

— Tout va bien, ma chérie, dit-il en serrant ma main dans la sienne. Tu viens toujours demain soir ?

— Si tu es rentré, je viendrai. Sinon, je te rendrai visite ici. Ça marche ?

— Ça marche.

— Bon. Rétablis-toi bien, papa.

— Sois prudente avec ce type, Hannah, m'avertit-il lorsque j'atteins la porte. Je ne veux pas que tu te retrouves mêlée à ses histoires.

Armando a beau ne pas s'être battu pour moi, je suis incapable de m'en empêcher. Je tourne les talons, sur la défensive.

— Il n'a pas *d'histoires*. Il vient juste de sortir de prison, et il essaye de reprendre goût à la vie.

Le regard de ma mère se radoucit, la bouche de mon père se pince.

— Viens dîner avec lui demain pour qu'on apprenne à mieux le connaître, suggère ma mère.

Mon père secoue la tête avec un soupir résigné.

— Je ne pense pas, réponds-je, le cœur serré. Mais merci. Je vous dis à demain.

Je quitte la chambre et retrouve Armando, debout les mains dans les poches, sexy en diable. Son visage porte son masque insondable de toujours. Je suis prête à m'énerver, mais il m'ouvre les bras et me serre contre lui. Je laisse échapper un sanglot involontaire.

Il glisse les doigts dans mes boucles et me caresse l'arrière du crâne. Je me blottis contre lui et laisse sa force me nourrir.

Armando n'est pas mon petit ami, mais en cet instant, il me suffit.

C'est tout ce que je lui demande.

Chapitre Dix-Huit

Armando

Le trajet jusqu'à mon appartement se fait en silence. Pas besoin d'être médium pour savoir qu'Hannah est contrariée. C'est l'un de ces moments où je réalise que je n'y connais rien en relations. Devrais-je la pousser à parler ? Ou devrais-je la laisser réfléchir tranquillement dans son coin ? Enfin, après m'être garé le plus près possible de chez elle, je coupe le moteur et la prends par la main.

— Je suis sûr que ton père va s'en remettre, dis-je pour tenter de la réconforter.

— Il est tenace.

Elle n'ajoute rien, le regard braqué sur le pare-brise, et elle reprend sa main.

J'inspire profondément.

— Je t'ai mise en colère ?

C'est une question bête. Bien sûr que je l'ai mise en colère.

Elle hausse les épaules.

— Pas vraiment. Peut-être. Je n'en sais rien.

Elle tourne la tête vers moi et plante son regard dans le mien.

— Tu vas m'obliger à te demander comment tu connais mon père, ou tu comptes m'accorder cette once d'information ?

— On bosse sur le même chantier.

— Sur le chantier ? Tu pars tous les jours au travail en costume.

Elle plisse les yeux en prononçant ces mots.

— Je supervise les travaux.

J'essaye de lui donner assez de réponses pour la satisfaire, mais je suis mal à l'aise à l'idée de lui révéler quoi que ce soit.

— J'ai aidé ton père à prendre son après-midi pour aller à un rendez-vous, parce que son connard de patron s'y opposait. C'est comme ça que nos chemins se sont croisés.

Je vois bien qu'elle analyse chaque phrase qui sort de ma bouche.

— On ne bosse pas côte à côte, ni rien.

Je ne veux pas qu'elle s'imagine que son père trempe dans la mafia ou qu'il lui cache des choses.

Estimant en avoir assez dit, je descends du van, m'empresse de faire le tour pour lui ouvrir la porte, et je la mène à l'étage, espérant finir cette journée pourrie sur une note plus positive. Ou au moins, filer directement au lit pour dormir et faire comme si elle n'avait jamais existé.

Ombre nous accueille à la porte, et je ramasse la petite boule de poils, content qu'au moins un être dans cette pièce ne soit pas fâché contre moi. Je jette un regard à Hannah, qui se dirige droit vers la cuisine, où elle se met aussitôt à faire la vaisselle. Ça ne lui ressemble pas. Ce n'est pas ma Hannah.

— Allez, crache le morceau, dis-je en reposant Ombre après quelques grattouilles derrière les oreilles. Dis-moi ce que je dois faire pour te remonter le moral.

— Rien, répond-elle en rinçant un verre à vin. La journée a été longue.

— Hannah, dis-je d'un ton d'avertissement. Je n'aime pas les jeux.

Elle coupe l'eau et me fait face.

— Moi non plus, rétorque-t-elle d'une voix accusatrice.

— Et je ne *joue* pas non plus, ajouté-je.

Elle secoue la tête.

— Je ne sais même pas comment expliquer notre relation à mes parents.

Ah, voilà... Des choses ont été dites dans cette chambre d'hôpital. Je serais bête de croire le contraire. Le mécontentement du père d'Hannah quand il m'a vu était évident.

— Qu'est-ce que tu veux que je te dise ?

— Rien, j'imagine, répond-elle en croisant les bras.

— Tu es malheureuse ? demandé-je, contrarié à l'idée de l'avoir rendue triste.

— Non. Je suis même plus heureuse que jamais. Mais je suis aussi... déroutée.

— Comment ça ?

— Un instant tu me dis que je suis « à toi » et tu es tout protecteur et possessif, et le suivant, je réalise que je ne sais absolument rien de toi. Et quand il faut décrire ce qu'il y a entre nous, je ne sais même pas par où commencer. On passe toutes nos soirées ensemble comme un petit couple, et pourtant...

Mon téléphone se met à sonner, et je crois que nous sommes tous les deux soulagés d'être interrompus.

— Réponds, me dit-elle.

C'est Marco.

— Allô, dis-je après m'être repris.

Hannah et moi étions sur le point de parler de choses pour lesquelles je ne suis pas encore prêt. Elle allait me poser des questions auxquelles je n'ai pas de réponses à apporter. Ou pas les bonnes, en tout cas.

— Retrouve-moi ce soir au *Péché*. Léo sera là aussi...

— Je suis avec Hannah, l'interromps-je, une bonne excuse pour ne pas me rendre au club libertin que mon cousin adore fréquenter.

— Je sais. Viens avec elle. On sera accompagnés aussi, mon frère et moi. Ça sera une sorte de triple rencard, comme le font les gens normaux.

— On est loin d'être normaux. On vient de passer une longue journée, Hannah et moi...

— Il faut que je sorte la carte de la balle dans le cul pour que tu acceptes de faire quelque chose avec ton cousin ? Parce que je n'hésiterai pas. Mes fesses ne seront plus jamais les mêmes, et...

— Marco veut qu'on sorte avec lui et Léo, ce soir. Ils seront avec des copines.

Hannah hausse les sourcils et sourit.

— Ça a l'air sympa, dit-elle.

Je secoue la tête et articule le mot « non ».

— Je serais contente de les revoir, insiste-t-elle sans faire attention à moi.

— C'est un club libertin, annoncé-je, certain que cela suffira à la dissuader.

Elle penche la tête sur le côté.

— Sérieusement ?

— Arrête d'essayer de la dissuader, connard, lance

Marco à l'autre bout du fil. Ne lui laisse pas entendre que c'est plein d'orgies et de cuir, là-bas.

Le sourire d'Hannah s'élargit.

— On aime le sexe, dit-elle.

J'ignore si elle plaisante ou pas. Mais l'idée ne semble sincèrement pas l'apeurer.

— Ma balle dans le cul et moi vous donnons rendez-vous au *Péché* à 21 h, dit Marco avant de raccrocher sans me laisser protester davantage.

— Il y a un club libertin à Chicago ? s'enquiert Hannah.

— Il y en a même plusieurs, mais celui-ci est plutôt soft, pour ce genre d'établissement. Il s'agit plutôt d'une boîte de nuit chic où tout est permis, question nudité, sexe et échangisme.

— Est-ce qu'on devra coucher ensemble là-bas ?

Je laisse échapper un rire inattendu.

— Non, Pâquerette. On n'est pas obligés de faire quoi que ce soit.

— Mais tu en aurais envie ?

Je marque une pause pour réfléchir. J'ai déjà eu des rapports sexuels au *Péché*. Mais jamais avec une femme que je considérais comme *mienne*. Et Hannah est à moi, pas de doute là-dessus. Je ne suis pas partageur. Je ne veux même pas que d'autres hommes la regardent. Si quelqu'un la reluque, j'aurai envie de lui briser la nuque.

Je fais un pas vers elle et la prends par le bras pour la serrer contre moi.

— J'ai plutôt envie qu'on couche ensemble *maintenant*, dis-je.

Elle lève la tête vers moi, et ses yeux croisent les miens. Elle a un petit sourire en coin lorsqu'elle me caresse le torse, puis le cou, avant de m'entraîner dans un baiser passionné.

Nos lèvres bougent en harmonie alors qu'elle me pousse sur le lit et me chevauche.

— Je suis désolée, dit-elle. Pour mon... humeur.

Je secoue la tête.

— Ne t'excuse jamais pour tes émotions, Pâquerette. J'en ai besoin. J'en ai envie.

— L'instabilité, ça ne me réussit pas.

— Je comprends. Vraiment.

L'une de mes mains trouve sa taille, et je la saisis fermement tandis qu'elle se frotte à moi. Je glisse mon autre main sous sa robe et caresse un sein tout doux jusqu'à ce que son téton se dresse. Elle se cambre, les fesses collées à mon membre.

Je le pince fermement, arrachant un halètement et un gémissement aux lèvres pulpeuses d'Hannah.

— Je n'ai pas les bonnes réponses à tes questions. Je ne serai jamais cet homme. Mais ce que je peux te donner...

Je lui enlève sa robe, et mon geste fait rebondir ses seins. Je prends le temps de les admirer.

Puis je glisse une main entre ses jambes, caressant son clitoris à travers sa culotte, lui arrachant un gémissement. Un sourire rusé fend son visage, et elle enlève sa culotte pour tout dévoiler.

Je défais ma ceinture et porte la main à ma braguette. Hannah interrompt mon geste et mêle ses doigts aux miens. Nos regards s'aimantent tandis qu'elle ouvre ma fermeture éclair et tire sur la ceinture. Elle la place entre ses dents et secoue la tête. Je ris, et elle recrache ma ceinture avant de se lécher langoureusement les lèvres. Elle tire sur mon pantalon et le jette par terre.

Ses jambes m'encerclent alors qu'elle me colle à elle, qu'elle se frotte à moi. Je glisse une main sous son corps, mais elle la chasse d'une tape. Ses doigts délicats cherchent mon sexe. Elle trouve mon gland et ondule dessus, étalant mon liquide préséminal sur ses petites lèvres.

J'ouvre le tiroir de la table de chevet et en sors un préservatif. Je frémis lorsqu'elle l'enfile à ma place, gémissant sous la sensation de sa main. Elle me chevauche à nouveau et s'enfonce sur mon membre dur comme du bois.

— Alors, que va-t-on faire dans ce club libertin ? demande-t-elle d'une voix rauque.

— Tout ce qu'on voudra, réponds-je avant de suçoter sa lèvre inférieure.

Son bassin ondule contre moi.

— Et si on veut coucher ensemble devant tout le monde ? murmure-t-elle contre ma bouche.

— Pas de problème. Mais je retournerai en prison juste après.

Je gémis et soulève les hanches. Elle pose une main sur mon torse pour me clouer au lit tandis qu'elle va et vient de bas en haut, me prenant profondément en elle. Je sens ses ongles s'enfoncer dans ma poitrine, et je l'étreins avec force pour me projeter en elle.

— En prison ? Pourquoi ? demande-t-elle, le souffle court.

— Parce que je serai obligé de tuer tous les hommes qui t'auront vue nue, réponds-je en lui donnant un grand coup de reins.

Je vais de plus en plus vite, en la serrant presque douloureusement. Je la sens se contracter sur moi, son corps prêt à exploser.

— On pourra regarder, dans ce cas ? Ça ne te conduira pas en prison, si ?

— On pourra regarder, Pâquerette. Peut-être. Je risque quand même de tuer l'homme que tu auras regardé.

— Il faudra juste que je te distraie tout du long.

Elle pousse un cri lorsque je m'enfonce avec encore plus de force.

— J'y compte bien, dis-je. Empêche-moi de retourner en prison. C'est ta mission pour la soirée.

— Marché conclu, gémit-elle, convulsant autour de moi alors que je me répands en elle.

Chapitre Dix-Neuf

Hannah

Les lumières de la ville dansent sur les vitres teintées de la voiture lorsque nous nous garons devant le *Péché*, le club érotique le plus célèbre de Chicago, et l'un des terrains de jeu préférés de Marco, selon Armando. Il a insisté pour louer une voiture pour nous y rendre, le genre de luxe dont je n'ai pas l'habitude. Je jette un regard à Armando. Sa mâchoire sculptée et ses yeux perçants me font battre le cœur à tout rompre. Son costume sur mesure souligne sa silhouette musclée, lui donnant un air mystérieux et supérieur qui me captive.

— Prête ? me demande-t-il d'une voix grave et autoritaire.

Je hoche la tête et tire sur le bas de ma petite robe noire. Son décolleté plongeant et sa fente sur le côté me donnent l'impression d'être vulnérable et puissante à la fois, et j'ai hâte de découvrir ce que ce club nous réserve.

Jamais je n'aurais imaginé pénétrer un jour de mon

plein gré dans ce genre d'établissement, mais je suis enthousiaste. Ça me plaît d'arriver au bras d'Armando. Comme un couple. Un homme et sa petite amie. Marco n'a pas invité que son cousin. Il l'a invité avec sa *copine*.

Alors que nous nous approchons de l'entrée, les basses de la musique font trembler le trottoir sous nos pieds, nous attirant vers le monde sensuel qui nous attend à l'intérieur. La corde de velours est ouverte par un vigile à la carrure impressionnante, et nous descendons un escalier plongé dans la pénombre, laissant le monde ordinaire derrière nous.

Dès que nous pénétrons dans le club, nous sommes enivrés par son atmosphère. Les lumières projettent les ombres des corps qui s'agitent autour de nous tandis que la musique me fait vibrer de l'intérieur. Mes yeux sont immédiatement attirés par les performances sensuelles qui ont lieu sur la scène : des danseurs très peu vêtus se meuvent avec une grâce hypnotique, leurs corps mêlés les uns aux autres comme des serpents envoûtant leur proie.

— Ouah, soufflé-je tandis qu'Armando me guide vers le centre du club, une main dans le creux de mon dos. Cet endroit est... intense.

— L'intensité, ça peut avoir du bon, Hannah, murmure-t-il dans mon oreille, me provoquant un frisson dans le cou.

Je hoche la tête, le cœur tambourinant. J'observe les alentours. Des couples et des groupes s'adonnent au plaisir de différentes manières, encouragés par la nature profondément lubrique du club.

— Je peux regarder ? demandé-je. Ou bien c'est malpoli ?

Je ne connais pas les règles. Je ne veux pas agir comme la libertine inexpérimentée que je suis.

— Chut, susurre-t-il en me caressant la joue. Arrête de

cogiter. Laisse-toi guider par l'atmosphère. Tu ne feras rien de mal.

Je ferme un instant les paupières et prends une profonde inspiration. Je me laisse porter par la symphonie de sensations qui nous entoure. La chaleur du corps d'Armando pressé contre le mien, le goût de l'impatience sur mes lèvres, le son de la musique qui fait frémir mon échine... tout se combine dans une expérience inédite.

Tandis que nous continuons d'explorer les profondeurs du *Péché*, mon désir pour Armando devient de plus en plus fort. Je sens l'électricité entre nous, nos corps attirés l'un par l'autre comme des aimants tandis que nous traversons ce monde sensuel qui semble avoir pour unique but d'aiguiser notre passion. Tous mes sens sont décuplés, chaque mouvement et chaque bruit un courant électrique à travers tout mon corps.

— Les voilà, dis-je en lui montrant le carré VIP où sont assis Léo, Marco et leurs amies. Les cordes en velours couleur rubis qui délimitent la zone la rendent encore plus attrayante.

— Ah, dit Armando d'une voix douce et assurée qui contraste avec le trac que je ressens en m'approchant de la table.

Il me prend par la main avec une fermeté rassurante.

— Mando ! Hannah ! s'exclame Marco en se levant, un sourire chaleureux et accueillant au visage. Content que vous ayez pu venir.

— Ton *cul* ne nous a pas vraiment laissé le choix, réplique Armando en me serrant contre lui, comme pour rappeler à tout le monde que je suis à lui.

— Je vais vous présenter à nos charmantes compagnes pour la soirée, reprend Marco en nous montrant les deux femmes sublimes assises à ses côtés. Isabella et Valentina.

— Enchantée de vous rencontrer, dis-je en faisant de mon mieux pour paraître à l'aise.

Les deux femmes me jaugent du regard avec curiosité, se demandant sans doute comment quelqu'un comme moi a pu finir avec un homme comme Armando.

— De même, roucoule Valentina en jetant un regard intéressé à Armando, avant de revenir vers moi.

Je ne peux pas m'empêcher de ressentir une pointe de jalousie, même si je sais que c'est infondé.

— Commandons à boire, me suggère Armando, qui cherche à chasser les tensions. Qu'est-ce que vous buvez ?

— Du champagne pour Valentina et moi, répond Isabella en agitant ses faux cils interminables.

— Un whisky on the rocks, dit Léo d'une voix grave et autoritaire.

— Pareil pour moi, dit Marco, un instant déconcentré par la robe minuscule de Valentina.

Armando hoche la tête et se tourne vers moi d'un air interrogateur.

— Euh, un verre de vin rouge, s'il te plaît.

Décidément, je ne me sens pas à ma place parmi ces gens.

Armando me caresse la main avant de se tourner vers le serveur, qui vient juste d'arriver.

— Vous l'avez entendue, un verre de votre meilleur vin rouge, plus deux whiskys on the rocks, deux flûtes de champagne, et pour moi... un scotch, sans glaçons.

Le serveur s'empresse d'écrire notre commande avant de disparaître dans la pénombre.

— À une soirée inoubliable ! lance Léo en levant son verre dès que nous sommes servis.

— À cette soirée ! répète Marco.

Le tintement de nos verres contraste avec la musique

qui résonne autour de nous. Nous buvons longuement, les concoctions puissantes attisant les flammes qui brûlent déjà en nous tous.

Tandis que l'alcool court dans mes veines, mes inhibitions commencent à se dissiper, remplacées par une avidité grandissante pour ce que le club nous propose. Il y a tant de choses à voir. Tant de choses à ressentir.

— Ça va ? me demande Armando, penché à mon oreille.

Je hoche la tête.

— Ça fait beaucoup de nouveautés d'un coup.

— Allons faire un tour. Voir ce qui se passe.

Il me prend par la main et me guide à travers la foule, son assurance et sa présence maîtrisant l'espace autour de nous. Dès que nous atteignons une zone plus ouverte, il se tourne vers moi, ses yeux plongés dans les miens avec une passion qui me fait frissonner.

— Tu veux danser ? me demande-t-il d'une voix à peine audible à cause de la musique entêtante.

Je hoche la tête, impatiente de lâcher prise.

— Tu danses ? lui demandé-je.

— Non. Pas du tout. Mais pour toi, je ferai un effort.

Ses mots me font chaud au cœur. Quel homme ! Je suis accro.

Alors que la musique s'élève, Armando et moi nous rapprochons, et nos corps trouvent instinctivement leur propre rythme au milieu du chaos. Nos hanches bougent de concert, les mains puissantes d'Armando me guidant avec une précision électrique. La chaleur monte de plus en plus entre nous, et je savoure la délicieuse friction qu'elle provoque.

— Marco et Léo vont se moquer de moi pendant le reste de mes jours, s'écrie Armando, penché sur moi pour que je l'entende. J'ai l'impression d'être un mur de brique qui essaye de se trémousser.

J'éclate de rire, contente qu'il cherche à me mettre à l'aise, quitte à se mettre dans l'embarras. Armando ne trouve pas toujours les mots qu'il faut, mais il a toujours les bons gestes.

Mon corps bouge avec une fluidité inédite, sans doutes, sans limites. Le regard d'Armando ne me quitte jamais, et je ressens une bouffée de plaisir à l'idée d'être l'unique cible de ses attentions.

Je prends de plus en plus conscience des activités sensuelles qui ont lieu autour de nous. Des couples en plein rapport sexuel, dans différentes positions, certains cachés dans des recoins sombres tandis que d'autres affichent ouvertement leur passion aux yeux de tous. Des jeux coquins se déroulent sous mon regard, un monde que je ne connaissais qu'au détour de conversations ou de fantasmes nocturnes.

La vue de ces démonstrations de désir débridées ne fait qu'attiser les flammes qui grandissent en moi. Je ressens le besoin primaire d'explorer une facette plus sombre de ma sexualité.

— Armando... soufflé-je, ma voix à peine audible à cause de la musique tandis que j'observe les scènes de débauche autour de nous. C'est... indescriptible.

— C'est trop pour toi ?

Ses yeux sondent les miens pour voir si je suis mal à l'aise.

— Non, réponds-je, surprise par la conviction dans ma voix. Je suis intriguée.

— Tant mieux.

Il sourit et m'enlace avec plus de force, nos corps brûlants l'un contre l'autre.

Les basses semblent faire vibrer mes os tandis que nous continuons de danser. La chaleur est palpable entre nous ; l'air est électrique sous les regards et les caresses torrides que nous échangeons.

— Ton cœur bat à toute vitesse, murmure Armando à mon oreille, son souffle brûlant sur ma peau envoyant un frisson le long de ma colonne vertébrale. C'est l'atmosphère, ou c'est moi ?

— Peut-être un peu des deux, admets-je.

L'euphorie de la soirée me rend audacieuse. Mon regard se plante dans le sien, et l'espace d'un instant, tout le reste disparaît : la musique, les gens, nos amis. Il ne reste plus que nous, et le lien indéniable qui se renforce de jour en jour depuis notre rencontre.

Il me regarde attentivement, avec possessivité, nourrissant l'incendie en moi. Je perçois son besoin d'avoir le contrôle, son désir de me protéger, même dans cet univers chaotique que nous avons décidé d'explorer ensemble.

Pendant que nous dansons, j'aperçois Marco et Léo au bord de la piste. Leurs rires se perdent dans la musique. Leurs amies se sont rapprochées, leurs gestes ouverts et entreprenants, alors qu'ils flirtent ensemble. Léo replace une mèche derrière l'oreille de sa copine avec un sourire charmeur et mutin, tandis que Marco se penche pour murmurer à l'oreille de son invitée, la faisant glousser et rougir.

De temps à autre, ils nous jettent un regard, et leurs sourires approbateurs me disent qu'ils sont contents de me voir avec Armando.

Je pose une main sur sa poitrine alors que la musique continue de retentir autour de nous.

— Arrêtons de danser un moment et continuons notre

visite, dis-je. Je suis curieuse de voir ce que ce club nous réserve d'autre.

— Tu es sûre ? demande-t-il en me dévisageant pour détecter le moindre signe d'hésitation de ma part.

— Certaine, réponds-je avec un sourire, excitée à l'idée de m'aventurer plus profondément dans ce monde mystérieux. Je veux tout explorer, ce soir.

— Du moment que tu ne me renvoies pas en prison, dit Armando avec un sourire diabolique.

Il me prend par la main, et alors que nous fendons la foule déchaînée, je réalise que certains clients sont intrigués par Armando, hommes comme femmes. Il dégage une puissance pure qui ne laisse pas insensible, et je ressens une bouffée de fierté à l'idée qu'il soit à moi pour la soirée.

Nous découvrons des pièces cachées et des coins secrets où des couples et des groupes s'adonnent à des activités encore plus pécheresses que celles qui ont lieu dans la salle principale. Une odeur de sueur et de désir emplit l'air, ainsi que le doux bourdonnement des gémissements et des murmures qui portent les secrets de la nuit.

— Regarde-les, murmuré-je à l'oreille d'Armando en lui montrant un couple en pleins ébats sur un fauteuil de velours. Ils sont tellement perdus dans leur passion qu'ils ne font même plus attention au monde qui les entoure.

— C'est ce que je ressens quand je suis avec toi, me confie-t-il. Tout le reste s'efface.

Mon cœur s'emballe tandis que je me tourne vers lui. Je l'entraîne vers l'une des alcôves discrètes qui parsèment cet espace. Elle est plongée dans la pénombre et cachée du reste de la salle, nous offrant un moment d'intimité à l'écart du chaos.

Il m'embrasse langoureusement, ses mains sur ma taille pour m'attirer contre lui.

Mes doigts montent le long de son torse pour se poser sur sa joue. Son regard ne quitte jamais le mien alors que nous nous tenons au bord d'un précipice d'abandon.

— Je pourrais te baiser juste ici, murmuré-je, refermant la distance entre nous lorsque nos lèvres se rencontrent dans un baiser brûlant et passionné. Mais je te veux enfermé à clé avec moi. Nulle part ailleurs.

Nos bouches bougent ensemble, nos langues s'explorent et se goûtent tandis que la chaleur monte entre nous à chaque seconde qui passe. Armando me saisit par les hanches pour me coller à lui, et je sens son érection pressée contre ma cuisse.

— Je ne peux pas te partager, Pâquerette. Du moins pas encore. Je suis un sale égoïste qui veut garder ton cul sexy pour moi tout seul, dit-il, sa voix rauque d'excitation, son front posé contre le mien. Mais je te jure qu'une fois à la maison, je te ferai hurler mon nom.

— Promis ?

— Tu peux compter sur moi.

Nous sortons de l'ombre, nos cœurs toujours affolés par notre échange passionné, et nous regagnons le carré VIP. Lorsque nous approchons de notre table, je vois Léo amuser la galerie avec une anecdote, qu'il raconte en agitant les mains. Marco, assis à ses côtés, hoche la tête pendant que leurs amies boivent ses paroles.

— Ah, vous voilà, tous les deux ! s'exclame Léo en nous apercevant. On parlait justement de certaines activités... inédites proposées par le *Péché*.

— Inédites, c'est bien le mot, commente Armando avec un petit sourire tout en tirant ma chaise.

Je m'assois, toujours enivrée par l'excitation et l'impatience.

La conversation se poursuit, sous les rires et les taquineries, mais je ne peux pas m'empêcher de jeter des regards discrets à Armando. Notre lien n'a fait que se renforcer, ce soir, et je sens ses yeux brûlants sur moi même quand je ne le regarde pas directement. Sa main puissante est posée sur ma cuisse, la promesse silencieuse de ce qui m'attend.

Mais son geste possède également une bonne dose de... possessivité.

Il a dit plusieurs fois que j'étais « à lui ». Toujours dans le feu de l'action. Mais là, assise avec ses cousins qui me font rire, je sens vraiment que je lui appartiens. Pleinement. Et j'adore ça.

Le temps semble s'accélérer alors que nous enchaînons les blagues et les anecdotes, tous perdus dans l'euphorie de cette soirée. Mais même les moments les plus magiques ont une fin.

— On dirait qu'ils commencent à fermer, commente Léo en voyant des employés faire le ménage dans certaines parties du club.

— C'est l'heure de rentrer, dit Marco.

Il se lève et étire ses bras au-dessus de sa tête.

— Très bien, allons-nous-en, dit Armando, qui se met debout en me tendant une main.

— Bonne nuit, tout le monde, lancé-je en saluant nos amis tandis que nous nous dirigeons vers la sortie.

— Bravo d'avoir réussi à faire sortir Mando, me dit Léo. Tu lui fais du bien.

— C'est une perle rare, renchérit Marco.

Je déborde de fierté. Rien n'est plus agréable que de réaliser que l'on a conquis la famille de l'homme qu'on... aime.

Une fois dehors dans l'air frais, le son étouffé de la

musique du *Péché* derrière nous, je serre la main d'Armando dans la mienne, impatiente de passer à la suite.

— C'était super, ce soir.

— Ce n'était qu'un début. J'ai pris des engagements, tu te souviens ? me dit Armando d'une voix grave et pleine de promesses.

Chapitre Vingt

Hannah

— Et si j'avais insisté pour qu'on couche ensemble au
Péché ? demandé-je tout en me déshabillant devant
Armando.

Je ne lui laisse aucun doute quant à ce que j'ai en tête
pour le reste de la nuit. Voir tous ces corps nus a enflammé
quelque chose en moi. Quelque chose de plus sombre. De
plus primaire.

— Je t'aurais baisée, répond Armando, qui se déshabille
également. Mais pas comme je compte te baiser
maintenant.

Je hausse un sourcil.

— Ah oui ? Comment ça ?

— Je vais te baiser plus fort que jamais.

Mon cœur s'emballe. J'ai les jambes en coton. Mais je
tiens à goûter à ce qu'il me propose.

— Ça ne me fait pas peur, lui dis-je avec une note de
défi dans la voix. Je sais encaisser.

— Ah ouais ? Prouve-le.

Il se dirige vers moi, le regard décidé. Il s'allonge sur le lit, complètement nu.

Je souris et monte sur le lit avant de ramper à ses côtés sans jamais le quitter des yeux. Je l'enlace. Sincèrement. Passionnément. Langoureusement.

Il me serre dans ses bras et me retourne sur le dos, sa langue dansant avec la mienne. Il a un goût de scotch, et il s'agit d'un bon scotch, je le sens. J'adore sentir sa saveur sur sa langue et sur la mienne.

— Dis-moi ce qui te fait envie, ordonne-t-il en me soulevant le menton pour me regarder droit dans les yeux.

Je suis assez en confiance pour lui avouer mes secrets les plus sombres.

— Je veux quelque chose de... coquin. De brusque. Je veux me sentir... soumise à toi. Je ne veux pas de douceur. Je ne veux pas de caresses. Je veux que ce soit cochon. Que tu me fasses tout ce que tu veux.

J'ignore ce qui me prend et pourquoi il m'est aussi facile de lui demander ce que je veux. Mais nous venons de quitter le *Péché*, et s'il y a bien un moment pour se lâcher, c'est celui-ci.

— Tu veux que je te baise sauvagement ? Que je repousse tes limites ? Que je te prenne comme la salope que tu viens de me décrire ?

— Oui, murmuré-je.

— Je vais te faire tout ça, et plus encore.

Son sourire en coin est menaçant.

— Ne te retiens pas, dis-je dans un souffle.

— Retourne-toi, je veux voir ton cul, m'ordonne-t-il en me lâchant.

— Comme ça ? demandé-je en roulant sur le ventre.

— Sur les genoux, Pâquerette.

J'obéis, puis je lui jette un regard par-dessus mon épaule.

— Oui, parfait. Maintenant, écarte les fesses.

Je fais ce qu'il me dit, et il me caresse. Je l'entends ouvrir le bouchon du tube de lubrifiant, puis ses doigts mouillés glissent sur mon sexe, son pouce contre mon anus. Je me colle à lui sans la moindre honte pour qu'il m'en donne plus.

— C'est ça que tu veux ?

Il me donne une violente claque sur les fesses, puis me caresse pour chasser la douleur.

— Oui. Je veux que tu me baises par-derrière.

— Quoi d'autre, Pâquerette ?

— Je veux que tu sois brutal avec moi. Que tu me prennes jusqu'à ce que je ne puisse plus marcher droit. Jusqu'à ce que je ne puisse même plus réfléchir. Toute la nuit.

Armando pousse un grognement et plonge les doigts dans mon sexe.

— Je veux que tu me donnes la fessée jusqu'à ce que ma peau me brûle.

— Putain, bébé, tu me fais bander à mort. Qu'est-ce que tu veux que je te fasse d'autre ?

— Je veux que tu...

Je n'ose presque pas demander ça. Mais c'est un fantasme que j'ai depuis qu'il a débarqué dans ma boutique.

— Quoi, Pâquerette ?

— Que tu m'étrangles.

— Ah ouais ? Oh, je vais t'étrangler, bébé. Tu veux sentir ma main sur ta gorge pendant que je te baiserai comme un fou ?

— Oui, s'il te plaît.

— Tu aimes avoir un peu peur pendant que je te baise ?

Tu veux que je te coupe un peu la respiration ? Ou tu veux seulement que je fasse semblant ?

J'ai le tournis. J'ai du mal à croire que nous ayons vraiment cette conversation. Mon fantasme est sur le point de se réaliser.

— Je veux que tu me coupes la respiration... que tu me donnes l'impression que tu vas m'achever. Que je suis sur le point de mourir pour toi.

La pièce tourne autour de moi. Je suis terrifiée à l'idée de lui demander ça, mais je poursuis :

— Je veux que tu me possèdes. Que tu me fasses tienne. Ta salope. Ta chienne. Toute à toi.

Je n'avais jamais prononcé ces mots à voix haute. Je ne les avais même jamais imaginés. Mais Armando a éveillé quelque chose en moi. Il m'a montré que je pouvais lui confier mon corps, même quand c'était un peu violent. Et après tous les trucs dingues que nous avons vus ce soir, j'ose lui demander ce que je veux. Je le laisse entrer, et plus important encore, je me laisse sortir. Je me libère de multiples peurs et complexes, et je bois les paroles d'Armando, attendant qu'il me dise quoi faire ensuite.

— Tu m'excites, Hannah. Tu es ma petite cochonne. Je vais bien te baiser.

Ses doigts continuent d'aller et venir entre mes jambes, son pouce dans mon anus, tout en m'assénant des claques sur les fesses. Un mélange chaotique de sensations qui amplifie tout ce que je ressens. Je gémis. Le désir monte en moi, submergeant toutes mes inhibitions habituelles.

Armando place un oreiller sous mon bassin et m'allonge dessus avant de se placer entre mes jambes. Il fait glisser son gland sur mon sexe tout en m'attrapant par les cheveux, me tirant la tête en arrière pour que je le regarde.

— Il n'y a que moi qui ai le droit de baiser cette chatte, dit-il d'un ton impérieux en s'enfonçant en moi.

— Oh, Seigneur.

Mes muscles internes se contractent sur son membre. J'ai déjà un orgasme.

Il se met à aller et venir lentement, doucement, pour me titiller. Pour me torturer.

— Donne-moi une fessée.

— Tu veux une fessée ? Il va falloir la mériter, dit-il en se retirant.

— Comment ?

— Supplie-moi.

Il me donne quelques tapes sur le derrière, et la douleur est intense, mais j'adore ça.

— Pitié, l'imploré-je, tant j'ai besoin de sentir cette chaleur envahir ma chair et se répandre dans tout mon corps. Pitié, Armando. Frappe plus fort. S'il te plaît.

Il recommence, encore et encore, jusqu'à ce que mes fesses me brûlent et fourmillent. C'est exactement ce dont j'ai besoin. Ce que je désire.

— Gentille fille.

Il me retourne et m'assoit au bord du lit.

— Maintenant, écarte les jambes pour moi.

J'obéis, et il se met à genoux face à moi, les mains serrées sur mes cuisses pour les écarter.

— Regarde-toi. Ta chatte est trempée, et tes lèvres sont gonflées.

— C'est ta queue qui a fait ça, dis-je en saisissant son membre pour le caresser avec force.

— Montre-moi à quel point tu la veux, cette queue, dit-il en la frottant contre mon sexe. Suce-moi et montre-moi à quel point tu la veux. Je veux que tu sentes sur ta langue à quel point ta chatte aime ma queue.

Je regarde son sexe pénétrer ma bouche, et je le caresse avec ma langue, en accordant une attention particulière à son gland et à son frein.

— C'est bien, m'encourage-t-il en saisissant ma tête pour s'enfoncer davantage. Prends-la en entier.

J'obéis, et tout en le suçant, je le sens prendre ma main pour la placer à la base de son sexe, la guider de bas en haut tout en me baisant la bouche. Je gémis si fort que mes voisins doivent m'entendre, mais je m'en fiche. Je ne me suis jamais sentie aussi libre et sauvage.

Je veux vivre ça tous les soirs. Je veux être sa pute. Je veux qu'il me démontre que je suis belle et désirée. Je soulève le menton et ouvre la bouche en grand pour qu'il puisse prendre ma bouche comme bon lui semble.

Je veux tout ce qu'il est prêt à me donner.

Je veux qu'il me possède.

Il va et vient de plus en plus fort, et j'ai du mal à l'avaler, mais je tiens bon. Je le prends tout entier. Je le regarde dans les yeux et vois sa passion. Je vois son désir, et c'est superbe.

Je suis sa petite cochonne, et j'aime ça.

Je l'aime, lui.

— Fais-moi jouir sur ton visage, petite dépravée, m'ordonne-t-il.

J'ôte son membre de ma bouche et le caresse vite et fort. Sa respiration devient saccadée, et je sais que son orgasme approche.

— Vas-y. Jouis sur mon visage.

Il éjacule puissamment. Des jets de sa semence m'aspergent les joues, et je l'étale aussitôt sur ma peau, tout en m'assurant d'en laisser couler une partie dans ma bouche.

— C'est bien, dit-il avant de m'essuyer le visage avec une serviette. Maintenant, grimpe sur le lit et attends-moi.

J'obéis, et allongée sur le lit, les yeux levés vers Armando, je suis émerveillée par lui.

— C'est l'heure de ta fessée. Tu l'as bien méritée. Roule sur le ventre, les fesses en l'air.

Je m'exécute, et je sens mon corps trembler d'excitation.

— Écarte les jambes, m'ordonne-t-il en me massant les fesses.

Je fais ce qu'il me dit, consciente que je lui appartiens et qu'il prend peu à peu le contrôle de ma vie.

Et ça me convient.

Je veux rester sa petite traînée pour toujours.

Il me donne quelques claques sur le derrière, avant de pétrir ma chair et de me soulever le bassin. Il recommence à me fesser, et je sens ma peau me brûler, mon sexe fourmiller davantage. C'est douloureux, mais également délicieux.

— Écarte les fesses. Je veux admirer ta jolie chatte.

J'obéis et jette un regard derrière moi, impatiente de découvrir ce qu'il compte me faire.

Il me donne une claque sur les fesses, puis prend l'une de mes mains et la place entre mes cuisses.

Il me donne une tape sur le sexe avec ma propre main, encore et encore, avant de porter mes doigts à ma bouche et de m'obliger à les sucer.

— Tu es une vraie dévergondée, dit-il. Goûte-toi.

— Je suis ta dévergondée.

— Et je suis ton papa.

Ses tapes reprennent entre mes jambes, me faisant crier.

— C'est moi qui baise cette chatte, cette superbe chatte.

— Oui papa.

Je pousse des exclamations passionnées tandis qu'il frappe mon sexe de plus en plus fort.

— Et ce cul m'appartient, dit-il en me donnant une claque sur le derrière, si forte que je sens la douleur irradier.

— Oui, il t'appartient. À toi seul.

— Exactement. À moi seul. Tu m'appartiens.

— Je suis toute à toi.

— Gentille fille.

Il me frappe de nouveau les fesses.

— Maintenant, je vais te faire jouir avec ma langue, annonce-t-il en m'écartant les fesses. Il me donne un coup de langue, et je pousse un gémissement sonore.

— Ma petite coquine adore que je lui lèche le cul, hein ?

— Oui, j'adore ça, réponds-je, trempée.

Il continue de me lécher, et je ne peux pas m'empêcher de me frotter à son visage.

— Je vais te faire jouir comme jamais.

Il caresse mon sexe, puis enfonce deux doigts en moi et va et vient sans ménagement.

Je me mets à gémir, et bientôt, tout mon corps tremble.

— Jouis sur mes doigts, bébé. Jouis dessus.

Ses mots sont crus, et salaces, et c'est précisément ce que j'ai envie d'entendre.

— Jouis pour moi, Pâquerette.

J'obéis, tout mon corps agité et frissonnant.

Il me serre contre lui tandis que je redescends sur terre après l'orgasme le plus sensuel et le plus sauvage que j'aie jamais connu.

Allongés ensemble dans le noir, nos souffles se mêlent. Nos cœurs se calment après leur galop.

— Merci, murmuré-je.

Armando lâche un petit rire.

— C'est toi qui me remercies ? Non, bébé. Tu es merveilleuse, Hannah.

Ses compliments font chanter mon cœur.

Et c'est là qu'est le véritable danger. Pas dans la façon

dont cet homme maîtrise mon corps, mais dont il maîtrise mon cœur.

Je prie pour qu'il ne le piétine pas.

Ce qui me terrifie encore plus, c'est qu'il a le pouvoir de détruire mon âme.

Chapitre Vingt et Un

Armando

Je cours dans les rues de Chicago, pourchassé par les Hermanos. Je suis projeté à terre et acculé par le gang tout entier, leurs armes pointées sur moi. Mais soudain, leurs visages deviennent familiers : l'un des types les plus proches de moi est Emilio, un autre est Harold, le père d'Hannah.

Je me relève et leur présente ma poitrine.

— *Allez-y, tirez, dis-je, avant d'entendre Hannah crier mon nom.*

Armando.

Entendre sa voix change mon programme. Je ne peux pas mourir sous ses yeux. Je ne peux pas mourir si elle a besoin de moi. Je décide de me battre ou de m'enfuir. Je saisis le poignet du type voisin pour lui arracher son pistolet.

— Armando !

Je me réveille en sursaut avec une exclamation, les doigts crispés autour du poignet d'Hannah.

— Merde !

Je la lâche comme si sa peau me brûlait, puis je reprends son poignet avec douceur. J'embrasse son pouls effréné. Elle ouvre de grands yeux horrifiés.

— Je suis désolé, Pâquerette. Sincèrement désolé.

Je porte de nouveau son poignet à mes lèvres.

— Je t'ai fait mal. Merde.

Elle est nue, et ses beaux seins noirs remuent lorsqu'elle s'assoit.

— Ce n'est pas grave, chuchote-t-elle en passant les bras autour de mon cou dans une étreinte qui m'étrangle presque.

Je ne mérite pas son pardon, et je pense qu'elle ressent de la compassion pour moi, ce qui me trouble et me met en colère, mais je ne peux pas rejeter sa tendresse. À en croire mon cauchemar, Hannah est ma seule raison de vivre.

Notre partie de jambes en l'air juste avant de nous endormir était... carrément animale, et à présent, je suis inquiet. Me suis-je montré trop dur avec elle ? Ai-je dévoilé mon côté sombre trop vite ?

Putain. Suis-je en train de tout faire foirer ? Je l'ai traitée de salope. De salope !

Hannah mérite mieux. Elle mérite un homme qui lui offre des fleurs et du chocolat et qui lui murmure des gentilles choses à l'oreille. Je ne suis pas cet homme.

— Laisse-moi te faire du bien, l'imploré-je, car le sexe, c'est à peu près la seule chose que je puisse lui donner, et elle s'est endormie avant la fin de la soirée.

Elle me laisse l'allonger sur le dos et ramper entre ses jambes pour la satisfaire avec ma langue avant de m'autoriser à m'enfoncer en elle.

Quand nous avons terminé, je roule hors du lit et vais prendre une douche. C'est le baptême du petit fils d'Arturo, aujourd'hui, alors il faut que j'enfile un costume et que j'aille à la messe.

Quand je sors de la salle de bains, Hannah va se laver à son tour pendant que je m'habille et que je nous prépare un café.

Je lui tends sa tasse lorsqu'elle sort, une serviette enroulée autour de ses courbes délicieuses.

Elle la repose sans rien boire.

— Merci, mais je suis un peu barbouillée, ce matin. Tu vas où ?

Ça me tue qu'elle me regarde comme si elle ne s'attendait même pas à une réponse de ma part. Ou comme si elle ne méritait pas de me poser la question. Ça me tue de ne pas pouvoir donner plus à Hannah Munn, la fille qui me donne tout alors que je ne le lui ai même pas demandé poliment. Que je ne le lui ai pas demandé du tout.

— À un baptême, réponds-je. Et à la fête qu'il y aura ensuite.

Une expression blessée balaye rapidement son visage, et je sens le couteau dans ma poitrine s'enfoncer plus profondément. J'ai envie de l'inviter. Rien ne me ferait plus plaisir que de l'avoir à mes côtés, d'ailleurs. Avec elle, affronter Emilio et Grace serait beaucoup plus facile, et les gens arrêteraient de se demander comment je prends leur couple.

— Je vais dîner chez mes parents ce soir. Tu, euh, tu es le bienvenu, dit-elle, mais sans l'enthousiasme dont elle fait habituellement preuve le matin.

Bon sang. Je frotte ma joue fraîchement rasée.

— Je suis pas sûr que ce soit une bonne idée, ma belle. Ton père n'était pas franchement ravi de me voir avec toi.

De tous les hommes du monde, il fallait que ce soit son père qui bosse sur le même chantier que moi. Au moins, j'ai la satisfaction de l'avoir soutenu lorsqu'il a demandé à s'absenter pour se rendre à son rendez-vous chez le médecin.

Un rendez-vous qui aurait dû lui éviter cette crise cardiaque.

— Tu travailles aujourd'hui ? lui demandé-je.

— Ouais.

— OK. Je passerai à la boutique après la fête. Pour voir si je peux te donner un coup de main.

Elle hoche la tête, mais elle semble toujours blessée. Mes lèvres effleurent les siennes.

— Sois bien sage, Pâquerette. À tout à l'heure.

* * *

La fête de baptême ressemble à n'importe quel rassemblement familial. J'en ai connu des milliers, mais celui-ci est particulièrement pénible. Presque autant que ma fête de sortie de prison.

Marco et Léo ne me lâchent pas d'une semelle, et je fais de mon mieux pour ne pas tirer la gueule, mais c'est peine perdue.

Cette satanée Grace ne peut pas s'empêcher de revenir me voir. Elle doit se sentir plus coupable que je ne l'imaginais. Mais après tout, à une époque, j'ai sincèrement cru que nous nous aimions. Ce n'est pas parce que mon cœur s'est rabougri qu'elle a cessé de ressentir ce que nous avons partagé.

Elle ignore simplement que l'homme qu'elle a connu est mort.

— Salut, Mando, dit-elle, le souffle court. Bon, écoute, euh... c'est un peu gênant.

Elle jette un regard à Marco et Léo, qui ne bougent pas d'un poil.

Et je ne leur demande pas de partir.

— Je voulais juste te dire que, euh, que j'avais ton invitation au mariage. Mais... je ne savais pas ce qui serait pire : l'envoyer ou ne pas l'envoyer.

— Oh, Grace.

Soudain, je suis épuisé. Trop las pour affronter ce genre de conneries. Que veut-elle entendre ? Que je lui pardonne ?

Eh. Peut-être bien. Je ne sais pas.

La voir plantée devant moi, avec son maquillage impeccable et ses faux ongles me pousse à réaliser à quel point notre relation était artificielle. Nous étions ensemble parce que nous formions un beau couple. Nous nous intégrions parfaitement au Milieu et aux cercles dans lesquels nous évoluions. Elle voulait un homme qui faisait étalage de son fric. Qui la gâtait et qui la baisait bien. Qui faisait preuve de romantisme.

Tout ça, je le lui apportais. Et elle m'apportait ce que j'étais censé attendre d'elle : elle était jolie à mon bras. Elle disait ce qu'il fallait aux rassemblements de la Famille, elle faisait ce qu'on lui disait.

Ce n'était pas une relation. C'étaient deux personnes qui jouaient au petit couple. Et nous jouions très bien. Jusqu'à mon arrestation. Car la prison, ça ne correspondait pas au rôle qu'elle m'avait attribué.

Hannah ne me tournerait pas le dos si les choses se gâtaient. D'ailleurs, tout s'est déjà gâté. J'ai tué un homme sur le sol de sa boutique. Je l'ai attachée et séquestrée. Je ne lui ai rien offert d'autre que mon cœur sombre et mort.

Et pourtant, elle pleure pour moi. Elle m'enlace quand

je fais un cauchemar, alors que j'ai failli lui casser le poignet lorsqu'elle a tenté de me réveiller.

Je l'aime.

Cette idée me fait l'effet d'un uppercut. Surtout que je ne sais absolument pas quoi en faire. Hannah mérite forcément mieux que moi.

Si j'avais un tant soit peu de décence, je quitterais son appartement sur-le-champ et je lui épargnerais mes problèmes.

Je regarde Grace, l'estomac révulsé.

— Écoute, Grace, je préférerais ne pas venir, honnêtement. Mais merci de me l'avoir proposé. J'ai quand même une question.

— Oui ? demande-t-elle en haussant ses sourcils épilés.

— Tu as déjà commandé tes fleurs ?

La confusion se lit sur son visage.

— Euh, non, mais je dois m'en occuper cette semaine, pourquoi ?

— Choisis le *Jardin d'Éden*. Cette boutique a gagné des prix. Elle s'occupe de tous les plus beaux mariages.

C'est l'ancien Mando qui parle. Celui qui aimait les marques de créateurs et qui voulait toujours ce qu'il y a de mieux. Parce que je sais que ces conneries comptent toujours aux yeux de Grace.

Elle ouvre de grands yeux.

— Ah, d'accord. C'est l'endroit où tu allais m'acheter tous ces...

Elle s'interrompt et déglutit.

— Ouais, dis-je avec douceur. Leurs bouquets étaient super, non ? Ils sont encore mieux maintenant. C'est la meilleure fleuriste de la ville.

Je vois mes cousins me regarder d'un air curieux, mais je ne fais pas attention à eux.

Si le putain de mariage de Grace et Emilio assure un nouveau contrat à Hannah, je prends.

— D'accord. J'appellerai la boutique demain. Merci du conseil.

Elle me jette un dernier regard, le visage plein de regret.

Je suis un salaud, car je n'ai aucune envie de l'absoudre. Mais quand elle tourne les talons, les épaules basses, je l'appelle avec douceur.

— Grace.

Elle me fait face.

— Merci d'avoir vérifié avec moi, pour l'invitation.

Pour le moment, je ne peux pas faire mieux, mais je crois que ça lui suffit. Le soulagement envahit ses traits, et elle hoche la tête avec un sourire triste.

— C'est normal. Bonne chance, Mando. Pour tout.

— Ouais, toi aussi.

Je la regarde s'éloigner, et Marco attend qu'elle ne puisse plus nous entendre avant de commenter :

— C'est quand même une connasse.

J'ai oublié comment sourire, mais les commissures de mes lèvres frémissent.

— Ouais, t'as raison.

Mais il n'y a pas d'émotions derrière ces mots. Et je ne parle pas de l'absence d'émotion, du néant que je ressentais à ma sortie. Il y a simplement un espace vide, qui attend d'être rempli à nouveau.

Je reprends peut-être vraiment goût à la vie, en fin de compte.

Chapitre Vingt-Deux

Hannah

Une semaine que j'ai l'impression d'avoir le mal de mer.

Que je suis incapable de boire le vin qu'Armando me sert pendant le dîner. Je serais idiote de ne pas me poser de questions.

Nous nous sommes montrés prudents... parfois, et même la plupart du temps. Mais merde... pas à chaque fois.

Je me souviens des pourcentages de risque donnés en cours d'éducation sexuelle. Ils ne sont pas rassurants.

Sur le chemin du retour, je passe acheter un test de grossesse et me dépêche de regagner mon appartement avant Armando.

Ma nausée grandit, sans doute à cause du stress, et lorsque j'arrive dans la salle de bains, je vomis immédiatement, pliée en deux.

Argh.

Ça n'aurait pas dû arriver.

Je suis avec un homme qui ne veut pas être mon petit

ami. Être avec Armando, c'est comme faire un tour sur des montagnes russes émotionnelles. Mais nous risquons de quitter les rails pour plonger dans le gouffre de la dure réalité. Une grossesse inattendue ne risque pas d'arranger les choses.

Peut-être que si, murmure la petite voix idiote de mon espoir.

Non, me répété-je, les lèvres retroussées.

Ombre miaule et frotte son petit corps tout doux à mes chevilles en ronronnant. Je l'ignore et lis les instructions du test. Je devrais attendre mes premières urines du matin, quand les hormones sont au plus haut, mais je suis sur les nerfs. J'ai acheté ce foutu test, et je veux m'en servir tout de suite. Je m'assois sur les toilettes et place le test sous mon jet d'urine. Puis je patiente.

Mon ventre frémit de façon incontrôlable lorsque le résultat apparaît. Une vague ligne positive.

Les larmes me montent aux yeux, mais je ne suis pas dévastée.

Étrangement, il s'agit d'un mélange de joie et de peur.

Et, bien entendu, avant que je puisse me reprendre, j'entends Armando pénétrer dans l'appartement.

Merde ! Sans savoir pourquoi, je jette le test dans la litière du chat et transvase le tout dans un sac poubelle. Je me précipite hors de la salle de bains, impatiente de me débarrasser des preuves avant qu'il les voie.

— Tu veux que je le descende ? me demande-t-il en essayant de me prendre le sac des mains.

— Non, je m'en occupe.

Bon sang, j'ai le souffle court. Mon comportement étrange ne passe pas inaperçu. Armando plisse les yeux, la tête penchée sur le côté.

— À tout de suite, lui lancé-je en sortant à toute allure.

La nausée me frappe à nouveau. J'ai un haut-le-cœur devant la benne à ordure, affectée par l'odeur nauséabonde. Je m'enfuis en courant, l'estomac retourné, mais heureusement, je ne vomis pas.

Argh.

Une fois de retour en haut, je trouve Armando dans la cuisine, l'emballage en carton du test dans la main, une expression stupéfaite et mécontente sur son visage.

— Nom de Dieu, Hannah.

C'est étonnant, mais ces deux minutes m'ont déjà transformée en maman ourse. Je suis aussitôt sur la défensive, prête à tout pour protéger mon bébé.

— Merde ! s'exclame Armando.

Il se tourne vers le mur et donne un coup de poing dedans.

— C'est ma faute, dit-il. Je n'ai pas mis de préservatif à chaque fois. Je me suis laissé emporter par notre passion, et... putain !

Ce sont ces mots qui brisent enfin mon petit cœur de Cendrillon. Il n'y aura pas de fin de conte de fées pour nous. Ce n'est pas mon prince. Ce n'est même pas mon petit ami.

Il ne veut ni de moi ni du bébé. Et je refuse de le laisser gâcher ma grossesse. Soudain, tout devient limpide. Une petite vie grandit en moi, et je dois la protéger. L'honorer. Je dois faire pour mon bébé ce que je n'ai pas pu faire pour moi.

En demander plus.

Beaucoup plus.

Et Armando ne me donnera pas ce que je veux. Il en est tout bonnement incapable. Il a été très clair sur ce point.

— Le test était négatif, dis-je d'une voix forte, soudain contente d'avoir eu la présence d'esprit de jeter le test dans la litière. J'ai du retard, mais je ne suis pas enceinte. Je voulais juste m'en assurer.

Armando vacille légèrement et me dévisage.

Je ne suis pas très bonne menteuse, mais je me cache derrière un air bravache. Je prends une inspiration saccadée avant d'ajouter :

— Mais cette fausse alerte m'a éclairci les idées. Il est temps que tu t'en ailles, Armando. Ça devient trop compliqué.

Mes yeux s'embuent, et pour une fois, je n'ai pas honte. Ce sont des larmes honnêtes qui ne font que renforcer ma conviction.

— Je ne veux pas avoir le cœur brisé. Il est déjà fendillé. Je craque. Je ne peux plus continuer comme ça.

Armando pâlit. Dans d'autres circonstances, je me serais réjouie qu'il réagisse avec émotion. Son chagrin résonne en moi, menaçant de détruire le peu d'assurance qu'il me reste.

— Tu veux que je m'en aille ?

J'acquiesce.

— Mais il faut que je te protège.

— Tu peux faire ça de loin. Demande à tes hommes de continuer de veiller sur moi, suggéré-je. On sait tous les deux que ta présence ici me met plus en danger que ton départ. Et si tu restes...

— Hannah...

Je me mets à pleurer pour de bon. Les hormones ne doivent rien arranger.

— Je veux que tu t'en ailles, dis-je à travers mes larmes.

Soudain, les yeux d'Armando sont comme morts. Il passe à l'action, ses gestes saccadés et mécaniques. Il parcourt l'appartement et fourre ses affaires dans son sac de voyage. Il ramasse Ombre, qui se frottait à ses chevilles, et embrasse sa petite tête de chaton.

— Prends bien soin d'elle, d'accord ?

Il se dirige vers la porte.

— Je suis désolé, Hannah, ajoute-t-il d'une voix bourrue et un peu étranglée.

Je hoche la tête, la gorge serrée par mes sanglots.

C'est douloureux, mais je sais que c'est la bonne chose à faire. Je ne veux pas imposer à cet enfant un père qui ne veut pas de lui. Je ne veux pas parler avec Armando du fait de le garder ou pas.

Je le garde. Et il doit partir. C'est tout.

Je n'ai pas de place dans ma vie pour un non-petit ami. Pas avec ce bébé qui aura besoin de tout ce que j'ai à lui offrir.

Armando me regarde comme s'il voulait ajouter quelque chose, mais il se contente d'un signe de tête. Il ouvre la porte, franchit le seuil, et ferme derrière lui sans un regard en arrière.

Dès qu'il a disparu, je me laisse tomber à genoux et fonds en larmes.

Chapitre Vingt-Trois

Armando

Le monde s'assombrit à l'instant où Hannah me dit de partir.

J'ai conscience que ça vaut mieux ainsi. Je sais depuis le début que je devrais m'en aller, parce que je suis mauvais pour elle. Je n'ai rien à lui offrir, et en plus, chaque minute passée avec elle la met en danger, à cause des gens qui veulent ma mort.

Et Seigneur, quand j'ai cru qu'elle était enceinte, je me suis dit que rien ne pouvait être pire. Mettre en danger un bébé sans défense ? J'aurais été obligé de la quitter, de ne plus jamais la revoir, pas même en tant qu'ami.

Alors le fait qu'elle prenne la décision à ma place aurait dû me faciliter la tâche.

Aurait dû.

Mais un brouillard grisâtre envahit mon champ de vision alors que je reste planté dans la rue avec mon sac de voyage et essaye de déterminer ce que je vais bien pouvoir faire.

Puis, comme je me fiche sincèrement que les Hermanos tentent de m'assassiner, je me rends chez moi.

Je prends le métro, car je ne supporte pas l'idée d'être enfermé dans un taxi. Une fois arrivé, je croise mon propriétaire dans le hall d'entrée, et il me fusille des yeux.

Je n'arrive même pas à réagir. Je ne le regarde pas. Je ne cille pas. Je ne grogne pas de bonjour.

Dans ma tête, je lui dis d'aller se faire foutre.

Je me retrouve à tambouriner à la porte de Marco. Pas par envie de pleurer sur son épaule. Certainement pas. Mais parce que j'ai très envie de casser la gueule à quelqu'un, et que Marco a sans doute des gens à aller brutaliser de la part du don.

— Hé, qu'est-ce qui se passe ? me demande mon cousin en ouvrant grand la porte pour me dévisager.

— Tu as quelqu'un à qui il faut envoyer un message ?

Marco me jette un regard méfiant.

— Tu as besoin de transmettre ta douleur à quelqu'un d'autre ?

— Ouais.

Il fourre les mains dans ses poches et fait un pas en arrière, comme pour se mettre à l'abri, si je venais à exploser contre lui.

— Hannah ? demande-t-il.

Le fait qu'il nomme mon problème chasse une partie de mon brouillard.

— Je n'ai pas envie de parler d'elle, grogné-je.

Ce que je veux, là, c'est faire couler du sang.

— Vous aviez l'air super proches, l'autre soir. Vous étiez inséparables. Qu'est-ce qui s'est passé ?

En un instant, je le plaque contre le mur, l'avant-bras pressé contre sa gorge.

— Arrête de me parler d'elle.

Je crois qu'il siffle quelque chose comme *enfoiré* entre ses dents serrées.

— C'est fini, et je ne veux plus jamais t'entendre prononcer son nom.

Il pince les lèvres et grince des dents tandis que je continue de l'étrangler. Enfin, il me donne deux coups de poing dans les côtes.

Avec force.

Je le lâche après le deuxième coup, car il me coupe la respiration.

Lorsque je me redresse, Marco a les mains en l'air.

— Tranquille, Mando. Calme-toi.

J'ai envie de lui péter les dents, mais je l'aime beaucoup trop pour ça.

— Putain, mais qu'est-ce qui se passe ici ? demande Léo, qui apparaît dans le salon.

Son frère fait un pas de côté tout en restant tourné vers moi, comme un boxeur qui tournerait autour de son adversaire.

— Mando a envie de tuer quelqu'un. Et j'essaye de faire en sorte que ce quelqu'un, ça ne soit pas moi.

Et puis merde. Je lui envoie un coup de poing. Il l'évite et se jette sur moi, me faisant tomber sur le dos. Lui et son frère s'assoient aussitôt sur moi pour me maîtriser.

— Des problèmes de fille, dit Marco à Léo.

— Va te faire foutre, grondé-je en me débattant.

— Calme-toi, bordel, dit Marco. On est de ton côté. Si c'est du sang que tu veux, on va t'en donner. Mais parle-moi.

Je lève la tête et abats l'arrière de mon crâne contre le parquet. Puis je recommence.

— Elle t'a jeté dehors ?

Je me cogne la tête encore plus fort.

— Quand je te dis de ne plus me parler d'elle, je suis sérieux, dis-je avec colère.

Je n'arrive pas à me libérer de mes cousins, qui semblent déterminés à me maintenir.

— Mais qu'est-ce qui se passe, bon sang ? s'enquiert Léo.

— Sa copine, répond Marco sans donner plus d'explications, avant de se tourner vers moi. Qu'est-ce qui s'est passé ? Tu l'as énervée ?

Ma rage me quitte, et je redeviens une coquille vide. Sauf que c'est encore pire qu'avant. Je déglutis et tente de faire le tri dans les images qui se succèdent dans mon esprit.

Le test de grossesse.

Le visage contrarié d'Hannah. Ses larmes.

Je craque. Je ne peux plus continuer comme ça.

— C'est moi qui l'ai fait fuir, dis-je d'une voix étranglée, révolté par cette prise de conscience.

L'expression de Marco ne trahit rien. Nous avons tous les deux perfectionné nos masques.

— Tu ne peux pas rattraper le coup ?

— Non. Elle n'a pas besoin de quelqu'un comme moi. J'ai tout un gang à mes trousses. Je suis dangereux pour elle.

Mon cousin continue de me regarder avec passivité.

— Ça, ça peut s'arranger, dit-il.

Je le regarde fixement. Si ce problème s'envolait, pourrais-je être ce qu'il faut à Hannah ?

La nausée m'assaille à nouveau.

Non, loin de là.

Je ne suis rien. Je n'ai rien à offrir. Je ne sais même plus qui je suis. Je n'ai pas de vie, rien du tout.

Je ferme les paupières et perds toute combativité.

— Non, réponds-je.

— Non ? répète Marco d'un ton plein de défi.

— Non. Je ne peux pas être l'homme qu'il lui faut.

— Laisse-moi te dire une chose.

Marco se lève. Léo l'imite. Il me prend par les mains pour me hisser sur mes pieds.

— Le Mando que je connais trouve toujours une solution, quand il veut quelque chose.

Je braque le regard sur lui. La rancœur me brûle le ventre. Maintenant que j'éprouve de nouveau des émotions, j'ai envie de foutre le feu à toute la ville.

— Le Mando que tu connais est mort, lui dis-je en m'éloignant.

— Attends, mec. T'as toujours envie de casser la gueule à quelqu'un ?

Je m'arrête. Fais craquer mes doigts.

— Carrément.

— Alors allons-y. J'ai une petite visite à faire.

Chapitre Vingt-Quatre

Hannah

Je me rends au dîner du dimanche de mes parents. J'ai envisagé d'annuler, mais j'espère que ma mère trouvera les mots pour m'apaiser. Elle est douée pour ça.

J'ai pleuré cinq jours de suite. Je n'arrive pas à couper le robinet. J'ai toujours eu la larme facile, et je sais que les hormones n'arrangent rien, mais c'est ridicule.

Cette semaine, j'ai tenté de faire tourner la boutique, de parler aux clients et de préparer des bouquets, et pendant tout ce temps, des larmes roulaient sur mes joues. Josie a été obligée de prendre l'entreprise en main, ces deux derniers jours, pour que je puisse rester chez moi, la tête sous les couvertures.

J'entre sans frapper. Ma mère est debout derrière le plan de travail, occupée à préparer une salade. Je me laisse tomber sur une chaise de cuisine, trop épuisée pour aller la prendre dans mes bras.

— Hannah ? Qu'est-ce qui ne va pas, ma chérie ?

Ma mère se précipite vers moi et me fait l'un de ces câlins qui peuvent tout arranger, d'habitude.

Je pleure sur son épaule.

— Je suis enceinte. Et j'ai rompu avec Armando.

Elle me serre encore plus fort.

— Oh, ma puce.

Ses mains tracent des cercles dans mon dos.

— Je suis désolée, maman.

Depuis que je suis toute jeune, elle me répète de prendre la pilule jusqu'à ce que je sois mariée et prête à fonder une famille, mais il a fallu que je fasse tout foirer.

— Ne t'en fais pas pour moi, me dit-elle. C'est de toi dont on doit se préoccuper, ma chérie. Ça fait beaucoup.

— Oui.

Je suis secouée par une nouvelle série de sanglots.

— Hé, *hé*, dit-elle en me secouant doucement. C'est un grand changement dans ta vie. Mais tout ira bien pour toi, d'accord ? Quoi que tu décides.

Je renifle et hoche la tête contre son épaule.

— Je me demande si j'ai fait une erreur, dis-je entre deux sanglots.

— En rompant avec Armando ?

— Oui.

Je recule pour m'essuyer les yeux.

— Mais il était en train de me briser le cœur, tu vois ? Il m'a dit qu'il ne pouvait pas être mon petit ami, parce qu'il était trop perturbé.

Ma mère me dévisage, les traits tordus par l'inquiétude.

— Eh bien, tu as le droit de changer d'avis, dit-elle.

De nouvelles larmes cascadent sur mes joues.

— Que se passe... commence mon père, debout sur le seuil, mais ma mère le chasse d'un geste de la main.

— Je ne sais pas, maman. Ça fait tellement mal. Je

pensais me sentir plus forte, après avoir rompu. Et je me suis sentie forte sur le moment. Mais là, je suis à bout.

— Oui, dit ma mère avec douceur. Les ruptures, ce n'est jamais facile, même quand c'est la bonne décision.

Je redresse brusquement la tête, l'estomac noué.

— Tu penses que c'était la bonne décision ?

— Ce n'est pas ce que j'ai dit. Je ne sais pas quelle est la bonne réponse. Mais je sais une chose : tu es forte et intelligente. Et tu as un grand cœur. Je sais que tu t'en sortiras à merveille.

Je la regarde avec désespoir. J'ai envie de la croire, mais m'en sortir à merveille, c'est quelque chose qui me semble impossible, là. Je me contenterais déjà d'être capable d'arrêter de pleurer cinq minutes.

— Qu'est-ce que je fais pour Armando ? murmuré-je, même si je sais que ma mère ne me donnera pas la réponse.

— Bon, je vais te dire une chose. Si tu gardes ce bébé, tu ne pourras plus te débarrasser de lui. Quand on a un enfant avec un homme, il reste dans notre vie à jamais, que l'on soit ensemble ou séparés. Sauf s'il décide de se soustraire à ses obligations.

— Et s'il ne le découvre jamais ? dis-je d'une voix éraillée, toujours accrochée à cette idée, même si je sais que c'est mal.

— Quoi ?

— Je ne comptais pas lui dire, pour le bébé, admets-je dans un murmure.

— Pourquoi ça ? demande ma mère d'un ton plus sec.

Abattue, je prends une inspiration.

— Quand il a vu l'emballage du test, il a paniqué. Alors je sais qu'il ne veut vraiment pas de ce bébé. C'est là que je lui ai demandé de partir. Et j'ai prétendu que le test était négatif.

Je sens que ma mère désapprouve dans sa respiration mesurée.

— Que ce soit bien clair. Tu as rompu avec lui parce qu'il n'a pas réagi comme tu l'espérais quand il a appris cette grossesse surprise ?

Je me mordille la lèvre inférieure. Ma réaction semble excessive, dit comme ça.

— Il n'est pas disponible sur le plan émotionnel, affirmé-je.

Ma mère hoche lentement la tête.

— C'est bien possible, mais d'après ce que tu m'as décrit, il a bel et bien ressenti de l'émotion. Du stress, peut-être ? Et c'est très sain. Parce qu'une grossesse inattendue, ce n'est pas rien.

Bon, *d'accord*.

J'essuie de nouvelles larmes.

— Qu'est-ce que je devrais faire ?

— C'est à toi de le déterminer.

Je déteste quand elle dit ce genre de trucs. Je secoue la tête.

— Je n'en sais rien.

— Moi, je pense que tu le sais.

Ma poitrine se serre lorsque je réalise que ma mère me dit que mes « je ne sais pas » ne sont que des *conneries*, comme Armando, sauf qu'elle est plus diplomate.

Je repense à toutes ses petites attentions. Il a beau prétendre qu'il n'a rien à offrir, c'est faux. Il prenait soin de moi. Il remarquait immédiatement quand j'étais mal à l'aise ou en colère, et il ne me laissait pas éluder ses questions. Il essayait d'arranger les choses qui n'allaient pas.

Et moi, qu'est-ce que j'ai fait ?

J'ai fui mes problèmes, comme d'habitude. J'ai choisi de ne pas les affronter.

J'ai renoncé. À lui. À nous.

Si je lui avais laissé une chance, il aurait peut-être agi en père responsable. Je l'imagine mal me laisser tomber.

Soudain, je me sens exténuée.

Je me frotte les joues et me lève.

— Je crois que je ne vais pas rester dîner, maman. S'il te plaît, ne dis pas ce qui m'arrive à papa, pas encore. J'ai besoin de réfléchir.

Ma mère jette un regard vers le salon et hausse les épaules.

— Il en a peut-être déjà assez entendu, mais je te laisserai lui annoncer la nouvelle.

Elle me reprend dans ses bras.

— Je t'aime, ma chérie. Rien n'est insurmontable. Ne l'oublie pas.

Je hoche la tête.

— Je t'aime, maman.

Chapitre Vingt-Cinq

Armando

Le ciel est baigné de lueurs orange et roses alors que je monte péniblement les escaliers jusqu'à mon appartement, le poids de cette longue journée sur mes épaules telle une lourde cape. Dès que j'ouvre la porte et pénètre à l'intérieur, mes pensées se tournent vers Hannah. Son rire résonne dans mon esprit comme une mélodie, et sa présence apaise mon âme lasse. Mais le danger qui rôde sous la surface - les ténèbres qui menacent de nous emporter tous les deux - projette une ombre inflexible sur mon cœur.

Je m'écroule sur mon lit, et sans prendre la peine de me déshabiller, je laisse le sommeil m'emporter. Mais au lieu de trouver refuge dans un rêve chaleureux, je suis projeté dans un cauchemar qui me glace jusqu'aux os.

Je suis debout au milieu d'un entrepôt à l'abandon, l'atmosphère lourde de tension et de peur. Les murs s'élèvent autour de moi, vertigineux, comme les gardiens d'un royaume maudit, tandis que les ombres dansent sur le sol de béton. Mon cœur s'emballe, chaque battement frappant ma poitrine comme s'il voulait s'échapper.

— *Où suis-je ?* chuchoté-je dans le silence inquiétant.

Un courant d'air inattendu me fait frissonner, et je croise les bras pour trouver un peu de réconfort, mais c'est peine perdue. Je n'arrive pas à me défaire de l'impression que quelque chose cloche, qu'une force malveillante m'a piégé dans cet endroit désolé ;

— *Armando*, lance une voix familière qui résonne dans le vaste vide.

Hannah. Le son de sa voix me fait paniquer et réveille tous les instincts protecteurs que je possède. Il faut que je la trouve, que je m'assure qu'elle échappe aux dangers qui ont hanté mon passé et qui menacent désormais notre avenir.

— *Où es-tu ?* m'exclamé-je, désespéré, la voix brisée par l'émotion.

— *Aide-moi, Armando*, m'implore-t-elle, un son distant et étouffé par l'obscurité oppressante.

Je serre les dents, et ma détermination se renforce comme de l'acier trempé. Je suis prêt à tout pour la protéger des ombres de mon passé qui nous assaillent tous les deux. À chaque pas que je fais, je suis un peu plus décidé, persuadé que je dois sauver cette femme qui a capturé mon cœur et éveillé en moi un amour féroce.

Les cris étouffés d'Hannah s'amplifient, me guidant à travers les ténèbres. Mon cœur tambourine, ma respiration est saccadée et haletante tandis que je traverse le labyrinthe de ce satané entrepôt. L'air lourd m'oppresse, et j'ai du mal à me débarrasser du poids qui pèse sur mes épaules.

— *Armando !* s'écrie-t-elle à nouveau, la voix tremblante de terreur.

— *Continue de parler, Hannah !* lui lancé-je avec désespoir. *Je viens te chercher.*

171

— Pitié... dépêche-toi, murmure-t-elle.

Sa voix atteint à peine mes oreilles.

Je fais plus d'efforts et m'élance à travers les ombres et les échos, chaque virage révélant un cul-de-sac ou un couloir vide. Mais je refuse de baisser les bras, motivé par ma conviction que la vie d'Hannah dépend de ma capacité à la trouver.

— Armando... j'ai tellement peur, admet-elle, la voix brisée sous le poids de sa terreur.

— Reste forte, Hannah, l'imploré-je, mes mots affectés par ma propre peur. Je vais te trouver. C'est promis.

Enfin, au bout d'une éternité, j'atteins une pièce aux lumières tamisées au beau milieu de l'entrepôt. Là, ligotée à une chaise au centre de la pièce, se trouve Hannah. Nue, vulnérable et tremblante, ses yeux plongent dans les miens, écarquillés et suppliants.

— Armando, halète-t-elle, les joues baignées de larmes. Tu m'as trouvée.

— Je suis là, dis-je, la voix débordante de soulagement et de détermination. Je ne laisserai rien t'arriver.

Tandis que je m'approche d'elle, je vois que les cordes lui rentrent dans la peau, laissant des marques rouges autour de ses poignets et de ses chevilles. Je les dénoue maladroitement, ma tâche compliquée par mon empressement.

— Qui t'a fait ça ? demandé-je en tentant de garder un ton calme.

— Je ne sais pas, admet-elle en parcourant la pièce du regard comme pour chercher des réponses. Ils se cachaient le visage.

— Quand je t'aurai fait sortir d'ici, je m'assurerai qu'ils ne te fassent plus jamais de mal, promets-je, les mains tremblantes de colère et de peur.

— Tu penses vraiment qu'on peut leur échapper ? chuchote-t-elle.

— Bien sûr, réponds-je d'un ton convaincu, bien que le doute me ronge. Je ne laisserai personne se dresser entre nous. Ni maintenant, ni jamais.

Un pâle sourire apparaît sur ses lèvres, et ses yeux sont brillants d'amour et de confiance malgré la terreur qui se cache toujours dans leurs profondeurs. En cet instant, je me jure de la protéger, quoi qu'il en coûte. Hannah, la femme qui a ramené la lumière dans mon monde de ténèbres et qui m'a donné une raison de me battre pour un avenir meilleur.

— Merci, murmure-t-elle.

— Toujours, Pâquerette. Toujours.

Mon cœur déborde de détermination lorsque je défais enfin le dernier nœud, la libérant de ses liens.

Lorsque je me rapproche d'elle, l'air autour de nous semble s'alourdir, comme si un orage couvait. Ma nuque se hérisse, et un frisson apeuré me parcourt l'échine. Sans prévenir, l'entrepôt se remplit de susurrements. Des voix que je ne reconnais que trop bien.

— Armando, chuchote Hannah, les yeux écarquillés par la peur. Qui est-ce ?

— Pas un bruit, lui ordonné-je d'une voix à peine audible.

Je sens leur présence se refermer autour de nous, comme des vautours encerclant leur proie.

— Ça faisait un bail, Mando, dit l'un d'eux d'un ton moqueur en quittant l'obscurité.

Son sourire est cruel, son regard froid et calculateur. Je le reconnais comme l'un de mes anciens compagnons mafieux, un homme que j'espérais ne plus jamais revoir.

— Laisse-la tranquille, grogné-je.

Je m'interpose entre Hannah et la silhouette menaçante. Mon cœur bat la chamade, mais je refuse de faire preuve du moindre signe de faiblesse. Les ténèbres m'ont retrouvé, mais

je refuse que cela affecte la seule personne qui compte réelle-
ment à mes yeux.

— Ah, alors c'est elle, la fille qui te mène par le bout du
nez, hein ? commente un autre homme en reluquant
Hannah. Tu aurais dû te douter qu'on finirait par te trouver,
Armando.

Je jette un regard par-dessus mon épaule pour regarder
Hannah dans les yeux. Son regard est plein de terreur, mais
j'y vois également une lueur de détermination. Comme si
elle m'encourageait silencieusement à me battre.

— Ne vous approchez pas d'elle, grondé-je, les poings
serrés.

Chaque fibre de mon corps veut la protéger de ces
monstres et de l'horreur qu'ils représentent.

Comme s'ils percevaient mes intentions, les hommes
plongent sur moi, leurs visages tordus par la malveillance et
la vengeance. Je me jette dans la bataille, enchaînant les
coups de poing contre mon premier assaillant. Les impacts
qui secouent mes bras ne font qu'enflammer mon adrénaline.

— Armando ! s'écrie Hannah d'une voix étranglée.

— N'approche pas ! lui lancé-je, les entrailles rongées
par le désespoir tandis que je tente de tenir mes adversaires à
l'écart.

Mais ils continuent d'arriver, trop nombreux pour que je
vainque seul. Leurs effectifs leur donnent un avantage insur-
montable, même si je me bats avec férocité. Les coups
pleuvent sur moi, et chacun d'entre eux atteint sa cible avec
une précision brutale.

La douleur me submerge, mais ce n'est rien comparé à la
torture de savoir que ces hommes sont là à cause de moi, à cause
de la vie que je menais avant de rencontrer Hannah. Mon passé
m'a rattrapé, et à présent, c'est elle qui va en payer le prix.

— *Armando,* murmure-t-elle, *les yeux débordants d'amour, de confiance et de larmes. Cette nuit est celle de ma mort.*

Je me réveille avec l'envie de mourir. Ça fait quatre nuits de suite que je rêve d'Hannah. Je ne fais que des cauchemars. Elle est toujours en danger par ma faute. Sur le point d'être tuée. Elle crie mon nom sous la torture. Le but est toujours de me faire souffrir. La nuit dernière, elle était au Lollipop, nue et ligotée à une chaise.

Comme si c'étaient des hommes de l'Organisation qui voulaient lui faire du mal, pas les membres d'un gang.

Elle hurlait mon nom, les suppliait – pas de l'épargner, mais de ne pas me tuer.

Je ne sais pas où j'étais, dans ce rêve. Présent, mais incapable de l'aider. Mes membres refusaient de bouger. Mes lèvres refusaient d'articuler le moindre mot. J'essayais de crier, mais aucun son ne sortait de ma bouche.

Je roule hors du lit. Je porte toujours mes vêtements de la veille, trempés de sueur, puant le whisky.

Depuis le jour où Hannah a rompu avec moi, je bois tous les soirs pour m'endormir, mais l'alcool a peu d'effet sur mon impression que l'on me découpe le cœur à la tronçonneuse. J'ai l'impression d'être enveloppé dans un épais brouillard.

Je me déshabille et me glisse sous la douche. J'ai tenté le diable toute la semaine. En allant chez moi. En me rendant au travail. En marchant dans les rues en plein jour. En faisant tout mon possible pour que les Hermanos me trouvent, mais mes pulsions suicidaires n'obtiennent pas de réponse.

Je veux seulement en finir. Tuer ou être tué.

Ensuite, peut-être que je trouverai une issue aux ténèbres.

Mon téléphone sonne pendant que je me lave, et je coupe l'eau de la douche pour aller répondre.

— Luis.

— Salut. J'ai parlé à l'un des Hermanos. C'est pas à cause du mec que t'as buté en prison qu'ils s'en prennent à toi. Ça, ils ont l'air de s'en foutre. Apparemment, ils ont été engagés. C'est rien de personnel.

Rien de personnel.

— Tu as découvert qui les a engagés ?

— Nan. Le mec à qui j'ai parlé savait rien. Mais je vais continuer d'essayer.

— D'accord. Merci.

— Pas de problème. T'es content de mes infos ?

— Combien je te dois ?

— Sept cents.

Sept cents dollars pour pas grand-chose, mais je ne me plains pas.

— Je passerai, dis-je.

— Ça marche.

Il raccroche, et je reste planté là, ruisselant.

Tout ce que j'ai en tête, c'est Hannah. Il faut absolument que je découvre qui veut ma tête.

Pour elle.

Même si elle ne veut plus jamais me voir.

Même si nous ne devons plus jamais nous parler, plus jamais nous toucher.

Chapitre Vingt-Six

Armando

Le bar plongé dans la pénombre ressemble à une extension de la nuit lorsque nous poussons ses lourdes portes. L'air est lourd de la fumée de cigarette et du bourdonnement des conversations murmurées.

— Un scotch sans glaçons, ordonné-je d'un ton bourru qui trahit la tourmente que je cherche à dissimuler.

Marco et Léo échangent un regard inquiet.

— Trois, lance Marco au barman d'une voix forte et assurée.

L'homme derrière le bar hoche la tête et vient placer trois verres devant nous. Le liquide ambré réfléchit les rares lueurs qui filtrent à travers la brume enfumée et éclaire la vieille table en bois.

Sans perdre une seconde, je prends mon verre et le vide d'un trait. Le bruit du verre sur le bois ponctue mon geste, et je réalise que je noie mes soucis dans l'alcool. Je n'ai jamais été ce genre d'homme.

Mais peut-être que je suis comme ça, désormais.

— Ça va, mec ? me demande Marco. T'as une sale tronche.

— Ouais, réponds-je d'un ton laconique, bien que mes mains crispées sur la table racontent une tout autre histoire.

— Parle-nous, intervient Léo. On est là pour toi.

— Comme je viens de le dire, ça va.

J'ai beau insister, ma voix chevrote légèrement, révélant les fêlures dans mon armure.

— Tu tiens le coup, après tout ce qui s'est passé avec Hannah ? Me demande Marco avec douceur et sollicitude.

Son regard est solide et sincère, avec une pointe de tendresse que j'ai rarement vue chez lui.

Je prends une grande inspiration, conscient que je ne peux pas continuer de repousser cette conversation éternellement.

— C'est difficile, admets-je, la voix légèrement brisée. Mais ça vaut mieux comme ça. Elle m'a demandé de partir, et je ne peux pas lui en vouloir. Depuis, j'essaye de me l'ôter de la tête. C'est un échec total.

— Hé, ne sois pas si dur envers toi-même, me répond Marco en plaçant une main rassurante sur mon épaule.

— Assez parlé de moi, dis-je pour changer de sujet. Comment va ton cul, *primo* ?

Ma tentative d'humour est faiblarde, mais je ne supporte plus de parler de mon chagrin.

Marco rit et secoue la tête.

— C'est le moment que tu choisis pour me demander ça ? Comme tu voudras. Ça fait un mal de chien, parfois, mais je m'en remettrai.

— Les gens prennent des nouvelles de tes fesses tous les jours, maintenant, intervient Léo en levant les yeux au ciel. Ton cul est en train de devenir célèbre.

— Ne sois pas jaloux, rétorque Marco avec un sourire en coin, avant de se retourner vers moi. Mais sérieusement, Mando, on est là pour toi, mec. Si tu as besoin de parler, dis-nous.

— Merci, marmonné-je.

Je bois une autre gorgée de scotch. Elle me brûle la gorge, mais j'accueille cette sensation à bras ouverts. Je suis prêt à tout pour endormir la douleur qui est en moi.

Alors que la chaleur de l'alcool se répand dans ma poitrine, je ne peux pas m'empêcher de penser à Hannah. À son sourire, à son rire, à la façon dont elle m'a redonné vie. Mais cette vie s'en est allée, et il ne me reste plus que la réalité dure et glacée de mon passé.

— Je vais être franc avec toi, mec, dit Léo, penché en avant avec une expression sérieuse. T'es un putain de battant. Depuis toujours. Tu baisses jamais les bras aussi facilement. Qu'est-ce qui t'a pris de partir sans broncher ? C'est évident que tu tiens à cette meuf. Alors qu'est-ce que tu fous ici avec nous au lieu d'aller la reconquérir ?

Je plonge les yeux dans mon verre et regarde le liquide ambré tourner au fond pendant que je réfléchis à ce qu'il vient de dire. En vérité, partir est la chose la plus difficile que j'aie jamais faite. Mais avais-je une alternative ?

— Je ne voulais pas m'en aller, admets-je, le poids de mes émotions menaçant de me submerger. Mais je ne peux pas prendre le risque de lui faire du mal. Notre vie... est dangereuse. Elle nous rattrapera, et elle se retrouvera impliquée. Elle mérite mieux que ça.

— Mieux que ça ? s'esclaffe Léo, visiblement peu convaincu par mon argument. Elle mérite un homme qui l'aime, et d'après ce que j'ai vu, cet homme, c'est toi. Le moment est peut-être venu pour toi d'arrêter de fuir ton passé et de l'affronter. Pour elle.

— Tu as peut-être raison, réponds-je, les doigts crispés sur mon verre. Il faut peut-être que j'affronte mon passé si je veux avoir un avenir avec Hannah. Mais bon sang, par où commencer ?

— Il faut que tu la voies, intervient Marco. Parle-lui. Raconte-lui tout ce que tu nous as dit. Sur tes peurs, ton amour, ton envie de te battre pour elle. Et ensuite, vous pourrez parler ensemble de la meilleure façon d'avancer.

— Peut-être.

Ma poitrine se gonfle d'une détermination inédite, et même d'espoir. Mes cousins ont peut-être raison. Je ne peux pas renoncer à Hannah sans me battre. Elle compte trop à mes yeux.

Marco enfonce le clou :

— En t'en allant sans protester, tu l'as perdue. Vous partagiez quelque chose d'exceptionnel, et tu y as renoncé.

— Il a raison, renchérit son frère, penché au-dessus de la table. Tu ne t'es même pas battu pour votre relation. On a tous nos démons, mais ça ne veut pas dire qu'on ne peut pas tout donner par amour.

Je les regarde tour à tour, leurs expressions un mélange de frustration et d'empathie. Ma poitrine se serre, mes pensées consumées par l'image du visage d'Hannah lorsque j'ai quitté son appartement.

— Vous vous souvenez quand on était petits ? demandé-je. Enfants de chœur, tous les trois. Qui aurait pu imaginer qu'on finirait comme ça ?

— Pas moi, c'est sûr, répond Marco en riant, l'atmosphère plus légère. Mais c'est la vie, non ? Elle est imprévisible.

— Ça, c'est sûr, dit Léo. Et tu sais ce qui est tout aussi imprévisible ? L'amour. Mais ça ne signifie pas qu'on ne doit pas se battre.

— Tu as de la chance, dit Marco d'un ton sincère. Je donnerais tout pour avoir plus qu'un coup d'un soir par-ci par-là. Hannah et toi, vous partagez quelque chose d'authentique. Ne balance pas ça aux orties comme si ça ne comptait pas.

— En plus, intervient Léo en faisant tourner les glaçons dans son verre, t'as toujours été une vraie tête de mule. Pourquoi abandonner aussi facilement ?

Je ne peux pas m'empêcher de sourire en les écoutant, conscient qu'ils ont tous les deux de bons arguments. Ils ont traversé les bons moments comme les mauvais, avec moi, et ils n'ont jamais été de mauvais conseil.

— Bon, d'accord, cédé-je, de plus en plus résolu. Je me suis peut-être éloigné trop vite. J'aurais dû me battre.

— Carrément, dit Marco en hochant la tête, ses yeux déterminés plongés dans les miens. Maintenant, c'est à toi d'arranger les choses.

Léo sourit et lève son verre pour porter un toast.

— À l'amour !

— *Salute*, répondons Marco et moi.

Nous faisons tinter nos verres avant de boire, l'alcool brûlant comme du courage liquide.

Malgré la chaleur grandissante dans ma poitrine, je suis toujours rongé par le doute. Je n'arrive pas à me départir de l'impression que je marche sur la corde raide entre l'amour et la destruction. Les mots de mes cousins m'ont donné espoir, mais ils ne m'ont pas pleinement convaincu.

— Bon, très bien, dis-je enfin, m'efforçant de sembler plus confiant que je ne le suis vraiment. Je vais arrêter de me morfondre. Mais il faut que je réfléchisse à la marche à suivre, avant de me lancer.

— Tu as raison, reconnaît Marco avant de me dévisager, les yeux plissés. Mais n'attends pas trop, d'accord ? On sait tous les deux que les femmes comme Hannah ne restent pas célibataires longtemps.

— J'en suis conscient, tu peux me croire, grommelé-je.

Je passe de l'apitoiement à la colère. L'imaginer avec un autre homme me donne des envies de meurtre.

— Je vais réfléchir.

— Parfait, dit Léo, avant de taper dans ses mains. Maintenant, détendons un peu l'atmosphère, d'accord ?

Marco rit et lève son verre.

— Bonne idée. Je nous souhaite de ne pas nous prendre de balle dans le cul !

L'absurdité de son toast m'arrache un petit rire réticent, et je trinque avec eux.

— Amen, dis-je.

Nous entrechoquons nos verres dans un tintement satisfaisant, et l'espace d'un instant, je m'autorise à oublier le poids qui pèse sur mes épaules. Nous buvons à notre camaraderie - trois cousins liés par le sang, la loyauté, et le fantôme de notre passé.

Au cours de la soirée, la conversation s'éloigne d'Hannah pour aborder des sujets plus légers. Je leur suis reconnaissant d'essayer de me changer les idées, mais je ne peux pas m'empêcher de penser à elle.

Je l'ai laissée m'échapper.

J'ai merdé.

Mais ce n'est pas la première fois que je sabote ma propre vie.

La question est : que faire ensuite ? Continuer de creuser ma tombe, ou marcher vers la lumière que représente Hannah ?

Chapitre Vingt-Sept

Hannah

La semaine suivante, je me force à retourner au travail, mais je porte le vieux tee-shirt d'Armando à l'effigie des Cubs, celui qui a un trou dans le col. Il se trouvait dans mon panier à linge sale, car je l'avais porté après l'amour, une nuit, donc Armando l'a oublié en faisant son sac.

J'ignore pourquoi je l'ai enfilé ce matin. Pour me torturer ? C'est insensé.

J'ai bien réfléchi à ce que m'a dit ma mère.

Je me suis peut-être montrée trop hâtive lorsque j'ai rompu avec Armando. Lui cacher l'existence du bébé n'était pas correct. Ça, je le savais avant même que ma mère me laisse entrevoir sa désapprobation. Mais l'entendre de sa bouche m'a aidée à en prendre conscience.

J'avais l'impression d'être la victime de l'histoire, sans doute parce que j'ai le cœur à vif, mais en réalité, c'est moi qui me suis infligé cette douleur. Qui nous l'ai infligée à tous les deux, si tant est qu'Armando en souffre aussi.

J'ouvre mon album d'arrangements floraux pour les mariages avec ma liste de prix et le fais glisser sur le comptoir. J'aide un couple à choisir des fleurs pour leur mariage. Ce n'est que le troisième mariage auquel je participerai depuis que j'ai repris la boutique, alors malgré mon moral à zéro, je suis soulagée. Le futur époux, qui semble s'ennuyer, me semble familier. Je suis persuadée qu'il s'agit de l'un des mafieux qui se font couper les cheveux à côté. Apparemment, déposer mes cartes chez le barbier a porté ses fruits.

Dieu merci.

— Il paraît que vous avez gagné des prix, dit la fiancée en regardant autour d'elle.

Je rougis en me demandant si ma boutique a l'air d'avoir du succès. Je me demande également où elle a bien pu entendre une chose pareille. Mais peu importe. Mes bouquets sont beaux, très beaux. Mieux que ceux de Mary Alice. Et il se pourrait bien que je remporte un prix, lors de la compétition qui se tient dans deux mois. Je me tiens bien droite.

— Ici, nous nous renouvelons sans cesse. Et je veille à ce que mes compositions reflètent la personnalité de chaque individu. Ou de chaque couple.

Je me maudis de ne pas avoir mis à jour l'album avec des créations à moi. Toutes les photos sont celles de Mary Alice. Mais j'improvise et me base sur ce que m'inspire ce couple.

— De quelle couleur seront les robes de vos demoiselles d'honneur ?

— Des robes cocktail noires. C'est elles qui choisiront le modèle.

— Le mariage a lieu le soir ?

— Oui.

— Alors tout est permis. Vous avez des fleurs préférées ?

Elle balaye à nouveau la boutique du regard.

— Les roses, je dirais.

— Les roses, c'est une valeur sûre. Le blanc ou le rouge serait le plus classique, ou vous pouvez choisir votre couleur préférée.

La jeune femme semble hésiter.

— Sinon, choisissez quelque chose de complètement original. Ajoutez une touche exotique à ces fleurs. Des roses à l'ancienne mêlées à des pivoines, par exemple. Ou à des lys orientaux.

Elle s'illumine.

— Oui, quelque chose d'original, c'est parfait. J'adore les pivoines.

J'établis la commande avec elle, suggérant des compositions pour les tables, pour l'autel, pour le décor, pour les demoiselles et les garçons d'honneur et bien entendu, son propre bouquet. Finalement, la commande s'élève à 2500 dollars, mais le futur marié ne sourcille même pas.

— Comment avez-vous connu la boutique ? demandé-je.

J'espère que mon ton est léger. Je m'efforce de me montrer sociable, même si je n'en ai aucune envie.

— C'est Armando Rossi qui m'en a parlé, répond la future mariée.

Lorsque je sursaute, elle se fige, et ses yeux quittent lentement mon visage pour se poser sur ma poitrine. Non, sur le tee-shirt.

— Attendez, est-ce que vous... sortez avec Armando ? demande-t-elle d'un ton incrédule.

La surprise me secoue, reflétée dans ses yeux et, étonnamment, dans ceux de son fiancé.

Je bats des paupières à toute vitesse. Bon sang. Moi qui avais réussi à tenir toute la journée sans pleurer.

— Euh...

Je ne sais même pas quoi dire. La nausée monte de nouveau en moi. Pourquoi n'ai-je pas réalisé qu'évidemment, c'est Armando qui leur a dit que j'avais gagné des prix ? Qui d'autre ?

Puis je réalise autre chose. Je pousse une exclamation.

— Vous êtes *Grace* ?

Elle me dévisage avec une curiosité sans fard.

— Vous sortez avec lui. Eh ben. Je ne l'avais pas vue venir, celle-là.

Son fiancé fronce les sourcils.

— Armando et vous ?

Il pointe le doigt sur moi, puis sur mon portable.

— Non, réponds-je. Enfin, avant, oui. Mais c'est...

J'ignore pourquoi il m'est aussi difficile de répondre non. J'ai envie de revendiquer qu'Armando m'appartient face à ces gens. Face à son ex et au nouveau fiancé de cette dernière. Peut-être pour redorer l'orgueil d'Armando, ou le mien. Je n'en suis pas sûre.

— C'est compliqué. Mais oui, dis-je en levant le menton.

— Ouah. D'accord. Désolée, je suis maladroite. Armando m'a conseillé de venir ici pour commander mes fleurs, mais il n'a pas précisé que vous étiez en couple. Félicitations. Enfin, je suis contente pour lui. Pour vous deux.

Mon estomac se serre face à mon mensonge. Je voudrais que nous ayons vraiment une raison de nous réjouir.

Bizarrement, je pense que Grace est sincère.

Son compagnon me jette un regard froid et calculateur qui me met mal à l'aise. Qu'est-ce qu'il cherche à déterminer, au juste ?

Je pose une main protectrice sur mon abdomen, et il suit mon geste des yeux.

Je m'éclaircis la gorge.

— Le total de l'acompte s'élève à 1 348 dollars, dis-je.

— Bien sûr, ma belle, répond Emilio en sortant une liasse de billets que j'ai l'habitude de voir, avec les mafieux, et il compte quatorze billets de cent dollars. Gardez la monnaie et donnez un joli bouquet à ma fiancée, d'accord ? Ce qu'elle voudra.

Il se tourne vers Grace et l'embrasse sur la joue.

— Je vais sortir passer un coup de téléphone, ma belle.

Je suis révulsée par le fait qu'ils nous aient toutes les deux appelées *ma belle*. Je le déteste d'avoir fait souffrir Armando, même si c'est irrationnel. S'il n'avait pas séduit Grace, elle serait peut-être toujours avec Armando. Et alors, je n'aurais jamais su ce que ça fait, d'être consumée par un homme tel que lui. De baigner dans l'intensité de sa passion.

— Je vais vous faire un bouquet rien que pour vous, dis-je à Grace.

Il n'y a que nous dans la boutique, et je peux bien prendre quelques minutes pour créer quelque chose qui lui plaira. Je cherche toujours à l'impressionner, même si elle a brisé le cœur d'Armando.

Même si j'ai achevé de le briser.

— Je reviens tout de suite.

J'ai laissé la porte donnant sur la ruelle ouverte pour faire entrer la brise, car il fait frais, pour une fois, et j'entends son fiancé parler au téléphone.

— Annule-tout. Ouais, je suis sûr de moi. La mission est annulée. Il n'y aura pas de récompense.

Un frisson me remonte l'échine. Je suis certaine qu'il s'agit d'une conversation que je ne devrais pas entendre. Comme je ne veux pas être de nouveau témoin de quelque chose d'illégal, je me dépêche de finir le bouquet et me précipite dans la boutique, un vase à la main.

— Tenez, dis-je avec un sourire forcé.

Je suis toujours sous le coup de l'appel téléphonique inquiétant que je viens d'entendre et de mon chagrin en entendant parler d'Armando.

— Merci.

Grace me dévisage d'un air curieux.

— Je peux vous demandez comment vous vous êtes... non, oubliez ça, dit-elle en secouant la tête. Ça ne me regarde pas. Je suis contente pour vous.

Si seulement nous pouvions partager son bonheur.

— Merci, dis-je.

Je la regarde sortir avant de prendre mon téléphone et d'afficher un ancien message d'Armando. Il ne m'en a pas envoyé depuis que je l'ai mis à la porte.

J'ignore pourquoi je m'attendais à ce qu'il le fasse. Mais une part de moi devait l'espérer, car pas un jour ne s'écoule sans que son silence m'achève un peu plus.

Mon pouce reste en suspens au-dessus de l'écran tandis que je tente de décider si je devrais prendre l'initiative. Enfin, je me décide pour : *Merci de m'avoir recommandée à Grace.*

Puis j'efface tout. Si je l'envoie, il risque de m'appeler, et je ne suis pas sûre d'être capable de lui parler.

J'ai quand même envie de le remercier. Parler à son ex n'a pas dû être une partie de plaisir. J'ai vraiment du mal à l'imaginer discuter avec elle, quelles que soient les circonstances. Alors le fait qu'il se soit donné cette peine pour qu'elle commande ses fleurs ici compte beaucoup. J'ignore s'il l'a fait avant ou après notre rupture, mais quoi qu'il en soit, c'était gentil de sa part.

C'est là que la certitude me frappe.

J'ai commis une terrible erreur.

Chapitre Vingt-Huit

Armando

Larry est content ; je fais enfin ce que j'étais censé faire au boulot : je reste assis et je me tourne les pouces toute la journée pendant que les autres travaillent.

Je frotte mes jointures gonflées tout en observant le père d'Hannah, qui est déjà revenu. J'étais sur les nerfs, prêt à donner un coup de pied au cul de Larry s'il emmerdait Harold au sujet de son absence, mais il ne s'est rien passé.

Harold refuse de me regarder, et Larry fait comme si je n'étais pas là.

La semaine s'est écoulée dans une sorte de brouillard. Le soir, je sors avec Marco et Léo pour faire passer les messages du don, puis je bois comme un trou. Les journées, c'est le néant. Je ne sais même pas comment elles font pour défiler. J'ai l'impression d'être de nouveau en prison. Les heures se fondent les unes dans les autres jusqu'à former une journée. Seuls la violence et mon instinct de survie entretiennent mon existence.

À cinq heures moins le quart, tout le monde commence à remballer ses affaires. Je me lève et m'apprête à partir, lorsque je vois Harold me regarder.

J'attends, car - putain - j'ai désespérément envie d'avoir des nouvelles d'Hannah, le moindre lien avec elle. Je me sens complètement perdu, sans elle. Mort.

Il se dirige vers moi comme s'il était furieux. Il a l'air décidé. On dirait qu'il va me donner un coup de poing dans le ventre.

Et quand il arrive devant moi, c'est ce qu'il fait.

J'encaisse comme un homme, et je ne réplique pas, car c'est le père d'Hannah. S'il estime que je mérite sa colère, il a sans doute raison.

Il me frappe à nouveau, dans les côtes, cette fois. Puis une autre dans la mâchoire.

— Je me fous de savoir qui vous êtes. Ou de la famille pour qui vous bossez. Si vous croyez que vous pouvez mettre ma fille enceinte et vous tirer, vous vous fourrez le doigt dans l'œil.

Je mets quelques secondes à assimiler ses mots. *Enceinte.* Il a dit *enceinte.*

J'essuie le sang sur ma lèvre du dos de la main.

— Hannah attend un bébé ? demandé-je.

Le type se fige, comme s'il réalisait qu'il avait fait une gaffe. Comme si je n'étais pas censé l'apprendre.

Je me souviens de l'emballage de test de grossesse sur la table. Elle m'a dit qu'il était négatif.

Elle a menti ?

Pourquoi ?

Une dizaine de scénarios se succèdent dans mon esprit, mais je ne prends pas le temps d'interroger Harold, qui n'est visiblement pas beaucoup plus au courant que moi. Je le laisse planté là et me précipite dans la rue. Il faut que je trouve un taxi.

Immédiatement !

Pour une fois, j'ai de la chance, car un taxi s'arrête dès que je lui fais signe, et je me rue dans l'habitacle en donnant l'adresse du *Jardin d'Éden*.

Elle a préféré me mentir et rompre avec moi plutôt que me dire qu'elle était enceinte. Pourquoi ? *Pourquoi ?*

Parce qu'elle savait que je ne serais pas un bon père de famille. C'est la réponse la plus évidente. C'est pour ça que j'ai paniqué, en voyant l'emballage. Et parce que je savais que quelqu'un voulait ma mort, et que je ne voulais surtout pas mettre en danger une petite vie innocente avec mes emmerdes.

Je suis pris d'un malaise en me remémorant ma réaction. Et si elle avait menti à cause de mon comportement ? Ma belle fleur sensible. Elle ressent toutes les émotions que je devrais éprouver. Comme une sorte d'intermédiaire. Peut-être qu'elle a perçu mon désarroi et m'a repoussé à cause de ça. Ou bien elle pense que je lui mettrais la pression pour qu'elle avorte.

Fanculo ! J'ai merdé sur toute la ligne, avec elle. J'ai mal réagi face au test de grossesse, en plus d'avoir refusé de m'engager avec elle. D'être son homme. De lui offrir une relation sincère.

Merde ! Je dois prendre sur moi pour ne pas taper dans la portière du taxi. Je ne veux pas qu'il m'abandonne sur le bord de la route ; pas avant d'avoir atteint le *Jardin d'Éden*.

Pourtant, je ne sais toujours pas quoi faire ou dire pour la reconquérir. Je n'ai toujours pas trouvé de solution aux dangers qui me menacent. Tout ce que je sais, c'est que j'ai l'intention de me battre pour elle.

Pour nous.

J'ai tout fait foirer, mais ce n'est pas forcément irréparable.

Du moins je n'espère pas.

Chapitre Vingt-Neuf

Hannah

La boutique est vide, comme d'habitude, lorsque mon téléphone se met à sonner. Je décroche à l'arrière, où je suis occupée à composer un bouquet.

Quand je vois qui m'appelle, je panique légèrement.

— Papa ?

Il ne m'appelle jamais. C'est toujours ma mère qui tente de me joindre. Je sais que mon père m'aime, mais il est plutôt du genre silencieux et bourru.

Comme Armando.

Bon sang, pourquoi est-ce que tout me rappelle cet homme ?

— Coucou, ma chérie. Écoute, je sais que tu as des problèmes personnels dont tu n'es pas prête à me parler...

— Papa, s'il te plaît. Je suis au travail. Je n'ai pas envie de parler de ça maintenant.

Je bats des cils pour chasser les larmes de mes yeux déjà

brûlants, et je pique une alstrœmère un peu partout dans mon bouquet jusqu'à ce qu'elle y trouve sa place.

— Je sais, je sais, dit-il aussitôt. Je comprends. J'ai entendu assez de choses quand tu es passée dimanche pour comprendre que tu es enceinte et que tu as rompu avec ton *copain*.

Je me fige et retiens mon souffle. Je rentre le ventre comme si on m'avait donné un coup de poing, et j'attends, tremblante.

— Bon, je n'aurais peut-être rien dû lui dire...

Je pousse une exclamation. Pourquoi n'ai-je pas songé au fait que mon père et Armando travaillaient toujours ensemble ?

— Qu'est-ce que tu lui as dit ? demandé-je.

Je pose la rose que j'ai entre les doigts sur mon établi, incapable de poursuivre mon travail.

— Hannah, cet homme ne représente pas un danger pour toi, si ?

— *Armando* ? répété-je avec un scepticisme exagéré. Non. Lui est en danger à cause d'un gang, mais non. Il ne me ferait jamais de mal.

— D'accord. Mais il n'est pas au courant ? Enfin, il sait tout, désormais... Je suis désolé, ma chérie. J'étais furieux de le voir se pointer avec la gueule de bois tous les jours et se tourner les pouces alors que je sais que tu pleurais à cause de cette histoire.

Je déglutis.

— Il avait la gueule de bois ?

Ça ne lui ressemble pas. C'est bête de ma part d'imaginer que c'est à cause de moi, mais c'est ce que mon idiot de cœur désire.

— Je suis quasiment certain qu'il est en chemin pour te voir. Je voulais juste te prévenir.

— D'accord, merci, murmuré-je.

Je ferme les yeux en reposant lentement mon portable, le cœur déchaîné. L'espoir et l'angoisse se mêlent en moi, s'entrelacent, et je me sens toute retournée. La raison fuit mes pensées. J'essaye de me rappeler mes raisons pour ne rien lui dire. Mes raisons pour le quitter. Mais elles ont disparu.

J'entends le carillon de l'entrée, et je me rends dans la boutique, tremblante. Dès que je vois ses traits tirés, je me lâche un son à mi-chemin entre le hoquet et le sanglot, et je me couvre la bouche.

— Hannah.

Sa voix est rauque tandis qu'il traverse la boutique à grandes enjambées pour me rejoindre derrière le comptoir. Il va me prendre dans ses bras. Je perçois son intention aussi fort que je perçois son angoisse, sa force, sa détermination.

— Non, dis-je d'un ton suppliant, une main levée pour l'arrêter.

Car si je retrouve son étreinte, je n'aurai plus jamais la force de le repousser. Je n'aurai plus jamais le courage de mettre fin à notre relation. Ce sera délicieux. Je le sais déjà.

— J'essaye de t'oublier, dis-je d'une voix étranglée.

— S'il te plaît, insiste-t-il. J'ai vraiment besoin de te prendre dans mes bras.

Sa voix a la texture du béton, de l'acier ; brisée, mais extrêmement puissante.

Et évidemment, je suis incapable de lui résister. J'ai besoin de lui. Je lui tombe dans les bras, et il me serre contre son torse musclé.

— Je suis désolé, bébé. J'ai tout fait foirer. Depuis le début.

Il parle dans mes cheveux, ses lèvres bougeant dans mes boucles, son souffle chaud contre mon crâne. Il ne desserre pas l'étau de ses bras sur mon corps, et c'est tant mieux, car mes jambes ne répondent plus.

— Je ne m'attendais pas à tomber amoureux.

Je retiens mon souffle.

— Je ne m'attendais pas à ce que tu deviennes le putain de *cœur* qui bat dans ma poitrine. Tout ce que je savais, c'était que tu m'avais vu tuer un homme, et que ça faisait de toi un risque, mais je refusais de te faire du mal ou même de te menacer de te faire du mal. Alors tout ce que j'ai trouvé à faire, c'est te ramener chez toi.

Ses doigts glissent dans mes cheveux, et il me caresse doucement la nuque avec le pouce.

— Bordel. Peut-être que je le savais déjà, même à cette époque. Parce qu'après ce premier baiser, je n'ai plus jamais eu envie de te laisser partir. J'avais envie de t'attacher au lit et de t'y garder pour toujours.

Je réalise que je tremble de partout. Je suis incapable de parler. J'absorbe toutes ses émotions, bien que j'aie résolu de rester forte.

— Hannah.

Son bras se détend autour de moi, et il recule légère-ment pour prendre mon visage entre ses mains. Il m'est douloureux de le regarder, mais il patiente jusqu'à ce que je le fasse, et bien vite, je suis incapable de détourner les yeux. Sous le choc, je réalise qu'il a un hématome sur la mâchoire et des cernes noirs sous les yeux.

— J'ai merdé sur toute la ligne, mais si tu me laisses une seconde chance, je te jure devant Dieu que tu ne le regret-teras pas. J'apprendrai à être ton homme.

Il pose son front contre le mien.

— S'il te plaît, laisse-moi être ton homme.

Je prends une inspiration.

— Tu es là... à cause de ce que t'a dit mon père ?

Je ne sais pas ce que je veux qu'il dise. La situation est tellement complexe que tout est emmêlé.

Il hésite, comme s'il tenait à donner la bonne réponse, mais sans savoir comment.

— Je veux garder ce bébé... lâche-t-il soudain, en ôtant ses mains de mon visage et en les glissant dans ses poches pour me donner un peu d'espace. Enfin, si tu en as envie. Je te soutiendrai, quel que soit ton choix. Je suis désolé d'avoir paniqué. Ça m'a fait flipper, d'imaginer que quelque chose puisse vous arriver à cause de moi. Mais je vais arranger les choses.

Son regard est ferme. Plein de promesses.

— Je vais tout arranger, et je vous protégerai. Je te le jure.

C'est la première fois depuis sa sortie de prison que je vois son ancienne assurance. L'homme qui se prenait pour le roi du monde. Qui savait ce qu'il voulait et comment l'obtenir. Armando avait peut-être simplement besoin d'une raison de tenir à la vie.

Peut-être que cette raison, c'est moi.

— Hannah, reprend-il d'une voix plus douce en se rapprochant à nouveau, une main sur ma taille. Donne-moi une seconde chance. Je t'en prie. J'assurerai, cette fois. Je ne te décevrai pas.

Son autre main se glisse derrière ma tête pour me soulever le visage.

— Et je veux ce bébé, répète-t-il. Mais je ne te mets pas la pression.

Son beau visage se trouble à cause de mes larmes.

— Moi aussi, je veux garder le bébé, murmuré-je. Elle pourra venir avec moi au travail. C'est moi la patronne, après tout. Je me débrouillerai.

Ses yeux se plissent, et il sourit. Il fallait attendre notre enfant à naître pour lui provoquer un véritable sourire. Un sourire authentique, avec les dents.

— Elle ? demande-t-il.

Je hausse les épaules.

— C'est l'impression que j'ai.

Ses lèvres s'étirent davantage.

— Elle sera superbe. Comme toi, dit-il en promenant les yeux sur mon visage. Je peux t'embrasser ?

Je laisse échapper un petit rire, car il parle comme s'il s'agissait de notre premier rendez-vous.

— Tu demandes la permission, maintenant ?

Ses yeux se plissent à nouveau.

— Je te l'ai dit, je compte faire les choses comme il faut, cette fois. Si tu veux bien de moi.

Il se penche en avant, et ses lèvres s'arrêtent à quelques millimètres des miennes.

— Dis que tu veux bien de moi.

— Oui, je veux bien de toi, susurré-je avant de le repousser, juste avant que sa bouche s'écrase sur la mienne. Mais je *t'interdis* de me briser le cœur.

Il secoue la tête.

— Je serai tout à toi, Hannah. Quand je m'engage, je suis hyper loyal. Cette fois-ci sera la bonne, je te le promets.

Je referme la distance entre nos lèvres et me jette sur lui. Il me rend la pareille, comme d'habitude, dévorant ma bouche, m'explorant avec sa langue.

— Je t'aime, Pâquerette, murmure-t-il lorsque nous reprenons notre souffle.

Ma vision se trouble.

— Moi aussi, je t'aime.

Chapitre Trente

Armando

Le truc, avec l'amour, c'est que ça vous fait passer à côté de choses qui auraient dû vous sauter aux yeux. Moi, je ne pense qu'à Hannah. Je savais que c'était vendredi, et que les mecs étaient chez le barbier d'à côté, mais je ne suis pas allé les saluer en passant devant. Et je n'ai pas non plus fait attention au type qui traînait dans la rue.

J'étais trop obnubilé par mon envie d'arranger les choses avec Hannah.

Quand le carillon de la porte retentit, nous nous séparons, et je vois Lorenzo, l'un de nos vétérans, entrer dans la boutique.

— Mando, dit-il, comme s'il était surpris de me trouver derrière le comptoir, en train d'embrasser Hannah.

— Lorenzo. Comment ça va ?

Pour la première fois depuis ma sortie, je ne déteste pas la terre entière. Je suis presque content de voir un visage familier. Fier d'afficher ma relation. Ma superbe petite amie enceinte.

— Qu'est-ce qui se passe ici ? Toi et, euh…

Son regard curieux se pose sur nous tour à tour.

— Hannah, complété-je, car il ne doit pas connaître son nom. Ouais. C'est ma copine. Hannah, je te présente Lorenzo.

— Je le connais, dit Hannah en riant. Deux bouquets pour vous aujourd'hui ?

Lorenzo rit lui aussi.

— C'est bien ça. Un pour ma femme et un pour ma *goomah*, dit-il en m'adressant un clin d'œil.

Hannah se rend dans la chambre froide. Je réalise qu'elle porte mon tee-shirt des Cubs sur un minishort rouge, et cela me fait chaud au cœur.

C'est l'émotion.

Une émotion qui se fraye un chemin partout.

Mais c'est à cet instant que les choses tournent mal.

Des coups de feu retentissent, brisant la vitrine et la porte vitrée.

— À terre ! m'écrié-je en projetant Hannah au sol.

Lorenzo sort son arme, mais reste couché, rampant jusqu'à nous, derrière le comptoir.

D'habitude, dans les situations d'urgence, je garde la tête froide, mais Hannah est là, ainsi que mon enfant à naître. Quand les coups de feu cessent, je dis à Lorenzo :

— Fais-la sortir par-derrière. S'il te plaît.

Je lui prends son arme des mains, car je n'en ai pas sur moi.

Lorenzo n'hésite pas une seule seconde. C'est un soldat, comme moi. Il prend Hannah par le bras, la hisse sur ses pieds et l'entraîne vers la porte du fond. Des bouts de verre continuent de tomber, brisant le silence de plomb après les tirs assourdissants.

— Lorenzo, lancé-je, et il se retourne, debout sur le seuil. *Assure-toi* qu'elle ne manque de rien... si je ne m'en sors pas.

— Non ! s'écrie Hannah.

Lorenzo est obligé de passer un bras autour d'elle pour l'empêcher de se précipiter vers moi.

— Ma mère aussi, ajouté-je. Promets-le-moi.

J'arme mon pistolet.

— Je te donne ma parole.

— Lorenzo, insisté-je, car c'est un détail important. Elle est enceinte.

— *Lo prometo*, répond-il avec révérence, comme s'il prêtait serment, avant de traîner Hannah dehors.

Je prends une inspiration et colle mon dos au mur, juste derrière le comptoir. D'autres éclats de verre tombent au sol, et j'entends des pas crisser sur les morceaux.

— Armando, chantonne une voix. Sors de là, où que tu sois.

Ça y est.

C'est là que je meurs. Pile quand je viens de trouver une raison de vivre. Pile quand on a besoin de moi. Songer que je risque de quitter Hannah et notre enfant avant que nous ayons eu notre chance me déchire les poumons.

Mais je ne peux pas continuer à me cacher. Je ne peux pas mettre Hannah et le bébé en danger à cause de ce contrat sur ma tête. Ça doit se terminer maintenant. Ce soir.

Je vérifie le chargeur du pistolet pour compter combien de balles il me reste, et je ravale la bile qui me monte dans la gorge. Dans le reflet de la porte de la chambre froide, je vois trois assaillants. Je peux tous les descendre.

— Lâchez vos armes, ou on refait la peinture avec votre sang.

Mon cœur rate un battement. *Arturo.* D'autres pas. Ce sont les hommes qui devaient être chez le barbier d'à côté pour leur coupe du vendredi. *La famiglia. Ma* famille.

Je m'éloigne du mur, mon pistolet tourné vers le type le plus proche. Arturo, Marco, Léo et Emilio sont tous là, leurs armes braquées derrière le crâne des trois gangsters.

— Doucement, dit Arturo. Je ne sais pas ce qui vous prend, mais on ne fait pas chier un Pachino. Si vous touchez à un cheveu de sa tête, le don vous rayera de la carte. Tous les membres de votre gang, vos mères, vos frères, vos sœurs, et même vos putains de chiens.

— Hé, du calme, dit l'homme qui a prononcé mon nom en entrant.

Il baisse lentement son pistolet pour le poser par terre, imité par ses deux compagnons.

— Tu sais pas de quoi tu parles, mec, ajoute-t-il à l'intention d'Arturo. Les ordres venaient de Don Pachino. C'est lui qui nous a engagés.

Mon corps se glace. Il déconne ou quoi ?

— Te fous pas de ma gueule, répond immédiatement Arturo.

Le type se retourne.

— Dis-leur, toi, ordonne-t-il à Emilio, qui jette des regards dans tous les sens.

Arturo jette un coup d'œil à Emilio.

— Nous dire quoi, Emilio ? demande-t-il d'un ton assassin qui me donne la chair de poule.

— C'est lui qui nous a engagés, insiste le gangster.

— J'ai annulé le contrat, abruti, rétorque Emilio les dents serrées.

La sueur perle sur son front. Il est aussi pâle qu'un Suédois.

L'onde de choc qui parcourt les hommes de l'Organisation est palpable.

— J'ai tout annulé aujourd'hui, répète Emilio en se balançant d'un pied sur l'autre.

Le type hausse les épaules.

— Moi, on m'a rien dit.

— J'ai tout annulé ! hurle Emilio, comme s'il perdait la boule.

— Vous l'avez entendu, dit Arturo, reprenant les choses en main. Et cet ordre ne venait pas du don. Alors si vous voulez pas qu'on extermine tout votre gang, je vous conseille de vous tirer de là et de plus jamais nous approcher. *Capito ?*

— Ouais, d'accord.

Le type tente de la jouer détendue, mais lui et ses deux potes prennent leurs jambes à leur cou.

Le son des sirènes retentit, et Arturo pousse un juron.

— File-moi ce putain de flingue, me dit-il.

Si je me fais prendre avec une arme, je risque cinq ans de prison. Mais je n'ai pas l'intention de renoncer à mon pistolet. Pas avec un traître parmi nous. Je pointe mon arme vers la tête d'Emilio. Marco et Léo font de même.

Emilio lève les mains en l'air, son pistolet pendu à son index. Lentement, il se laisse tomber à genoux et pose son Walther PPK par terre.

— Je croyais que t'allais me tuer, Mando, dit-il d'une voix cassée. À cause de Grace.

Il a les mains tremblantes, mais il soutient mon regard, ce que je trouve plutôt couillu, pour un type qui vient d'avouer avoir mis un contrat sur ma tête.

— Espère de salaud, crache Marco.

— J'avais peur de toi. Tout le monde me répétait que tu chercherais à te venger. Tout le monde, pas vrai ?

Il regarde autour de lui comme pour rallier les autres à

sa cause, mais personne ne dit le moindre mot. Les flics s'arrêtent devant la boutique dans un crissement de pneus, leurs gyrophares activés.

— Ça suffit, intervient Arturo d'un ton dur. C'est le don qui réglera ça.

Il jette un regard féroce à Marco, Léo et moi et ajoute :

— Pas vous. Je suis sérieux. C'est un initié. Vous ne pouvez pas le toucher. Don G décidera de son sort. Maintenant, donne-moi ce foutu flingue, Mando, avant de retourner en tôle. Les autres, rengainez vos armes. Je m'occupe des flics.

J'enclenche la sécurité du pistolet et le lance à Arturo pendant que les policiers approchent. Les autres rengainent leurs armes, et tout le monde met les mains en l'air. Emilio se remet maladroitement debout, sans jamais me quitter des yeux. Il croit toujours que je vais l'assassiner.

— Ils sont partis, lance Arturo aux flics. Un gang a attaqué, mais ils se sont enfuis quand on est sortis de chez le barbier avec nos propres armes.

Il sort lentement de la boutique, toujours les mains en l'air. Don Pachino soudoie quelques policiers, et Artie les connaît sans doute, et vice-versa. J'espère qu'il saura nous sortir de ce merdier.

Je m'attends à ce que les flics nous ordonnent de nous coucher sur le ventre, mais ils n'en font rien. Oui, ils reconnaissent Artie, c'est sûr. Ils le laissent approcher pour raconter sa version des faits.

Marco fait exprès de bousculer Emilio en sortant de la boutique, et Léo lui lance un regard assassin. Je devrais avoir envie de tuer ce sale traître, mais ce n'est pas le cas. Car quand je sors, je vois Hannah, debout devant le salon de Rocco, le visage baigné de larmes. Lorenzo se tient à ses côtés d'un air protecteur et m'adresse un signe de tête lorsque je lève le menton.

— Armando ! s'écrie-t-elle.

— Tout va bien, Pâquerette.

Je lui ouvre les bras, et elle se jette dedans. Son corps moelleux entre en collision avec le mien, et elle presse ses courbes contre moi, blottit le visage contre ma poitrine.

— Tout est fini, maintenant. Pour de bon.

Elle me regarde d'un air hébété, et je passe le pouce sur sa peau noire et lisse.

— Tout est fini, répété-je, réalisant que c'est sans doute vrai.

Emilio a annulé le contrat sur ma tête. Arturo a fait fuir les Hermanos qui n'étaient pas au courant. Cela signifie qu'à part les comptes que j'ai à régler avec Emilio, ma vie n'est plus en danger pour l'instant.

Ma copine et notre bébé sont en sécurité.

Je glisse les doigts dans ses boucles, ma paume collée à l'arrière de son crâne, et je pose mes lèvres sur les siennes.

— Veux-tu m'épouser ?

Sa bouche s'entrouvre de surprise.

— Tu es sérieux ?

— On ne peut plus sérieux, Pâquerette. Tu es ma raison de vivre. La raison pour laquelle je suis heureux d'être libre. Même sans le bébé, je voudrais que tu emménages chez moi pour te garder éternellement.

Elle laisse échapper un rire larmoyant.

— Ouah. Je ne sais pas.

Mon cœur rate un battement. Je place un doigt sous son menton pour qu'elle me regarde dans les yeux.

— Tu ne sais pas ?

— Et pour...

Elle agite la main en direction de sa boutique sens dessus dessous, sa vitrine brisée par les balles.

Je prends une grande inspiration et hoche la tête.

— C'est résolu. Je ne suis plus une cible. Et je te jure devant Dieu que je ne laisserai personne vous toucher, le bébé et toi.

Elle se jette à mon cou dans une étreinte féroce.

— C'est résolu ? Seigneur, Armando, c'était horrible. J'ai cru que tu allais mourir.

— Je sais, ma belle. Mais c'est terminé, maintenant, je te le promets.

Elle recule et lève la tête.

— *Oui.*

Je retiens mon souffle. Répond-elle *oui* à ma demande en mariage ?

— Oui ! répète-t-elle avec vigueur, son beau visage baigné de larmes.

— Je t'aime.

Je contemple ses yeux d'un brun chaud lorsque je prononce ces mots. Je soutiens son regard, pour qu'elle sache que c'est la vérité. Je suis son homme, et je me tiendrai à ses côtés pour la vie. La loyauté, c'est mon truc.

Je jette un coup d'œil à Marco et Léo, debout de chaque côté d'Emilio, comme deux geôliers.

Quand Marco me voit les regarder, il marmonne quelque chose et me rejoint tout en observant Hannah avec curiosité.

Elle essuie ses larmes sur ma chemise avec un rire gêné.

— J'espère que tu as accepté de le reprendre. Il se comporte comme un gros bébé depuis que tu l'as mis à la porte.

Je ne lui donne même pas de coup de poing. Je suis trop heureux pour ça.

— Hannah vient d'accepter de m'épouser.

Le visage de mon cousin se fend d'un grand sourire.

— C'est vrai ? Félicitations !

J'entends Léo grogner quelque chose qui ressemble à « Si tu t'enfuis, je te traquerai et je te boufferai le foie » à Emilio avant de venir me serrer la main.

— J'ai bien entendu ? demande-t-il.

— Oui, répond Hannah avec un rire mouillé.

— C'est ma fiancée, désormais. Et elle attend mon bébé.

— Ouah ! s'exclame Marco.

Léo hausse les sourcils.

— Tu fais pas les choses à moitié, Mando.

Tout le monde sourit. Même moi, si ça se trouve. Ce serait une première.

— Mando, dit Hannah en me regardant par-dessous ses cils recourbés. C'est comme ça qu'ils t'appellent ?

Je hoche la tête.

— Ouais. C'est mon surnom depuis tout petit.

— Ça me plaît.

— Moi, c'est toi qui me plais.

Je la serre contre moi et lui embrasse l'arête du nez.

Emilio nous regarde, les bras ballants, les épaules voûtées, le visage marqué par la peur et la détresse. Honnêtement, je suis étonné qu'il n'ait pas tenté de se faire la malle, mais il sait sans doute que Léo lui a dit la vérité. Il le pourchasserait aux quatre coins de la terre. En plus, sa fiancée l'attend à la maison.

Il pense peut-être toujours s'en tirer vivant.

Arturo crie à Lorenzo en italien de surveiller Emilio, et je me sens soutenu. Marco et Léo ne sont pas les seuls à être de mon côté. Tout le monde l'est.

J'ignore ce que décidera le don, mais cette loyauté ambiante, la force de ma famille qui semblait absente depuis ma sortie, est de nouveau palpable. Tous ces hommes me soutiennent, sauf un.

Ça me console presque, après avoir découvert que l'un d'entre eux avait tenté de me faire tuer.

Chapitre Trente et Un

Hannah

— C'est mon chez-moi, murmure Armando en ouvrant la porte de son appartement et en allumant la lumière. Ses cousins, Marco et Léo, vivent dans le même immeuble. Je le sais, car nous avons tous pris le même ascenseur pour monter.

Après avoir appelé des amis pour qu'ils nettoient les bris de verre dans ma boutique, Armando a posté un garde devant toute la nuit, jusqu'à ce que nous remplacions la vitrine et la porte demain.

— C'est joli, dis-je.

Beaucoup mieux que le mien, en termes de taille et de situation géographique, même s'il est complètement dénué de personnalité.

— On pourrait vivre ici, si tu veux, parce que c'est plus grand. Tu en feras ce que tu voudras. Pour le rendre aussi haut en couleur que toi.

Je lui jette un regard.

— Tu me trouves haute en couleur ?

Il se tourne pleinement face à moi et m'enlace.

— Oui, répond-il avant de m'embrasser sur le nez. Belle. Vive. Pleine de vie.

Il jette un coup d'œil à mon ventre et ajoute avec un petit sourire :

— Au sens propre.

J'adore le voir se dérider. Ses yeux sont fatigués, mais il semble plus heureux et détendu que jamais. Sur le chemin, il m'a expliqué que tout était résolu ; qu'il n'y avait plus de contrat sur sa tête, et que c'était Emilio qui avait engagé le gang pour l'exécuter, après la mort du premier tueur à gages. Je lui ai parlé du coup de fil que j'ai surpris. Emilio a tout annulé après avoir appris que nous étions en couple. Ça n'excuse pas tout - je ne pardonne pas ses actes à Emilio -, mais ça compte, je trouve.

Armando me mène dans sa chambre et soulève doucement le tee-shirt que je porte.

— J'adore te voir avec mes vêtements, Pâquerette, dit-il de sa voix grave en déboutonnant mon short.

Il s'accroupit, et ses mains glissent le long de mes cuisses pour m'enlever mon short. Puis il se lève et me tourne autour, promenant doucement les doigts sur ma peau. C'est très différent de la façon sauvage dont il me touche d'habitude. Il embrasse mon épaule, mon tatouage.

— Tellement belle, susurre-t-il.

La chaleur envahit ma poitrine, et mes seins deviennent lourds, mes tétons dressés. J'ignore si ce sont ses émotions ou les miennes que je perçois, tant elles sont entremêlées. Les angles et les murs qui se dressaient entre nous sont tombés.

Il se place derrière moi et dégrafe mon soutien-gorge. Il

soupèse mes seins et tapote mes tétons avec ses pouces. Ses dents m'effleurent le cou.

— Cette histoire de *goomah* avec Lorenzo ? dit-il. Je ne suis pas comme ça. Je ne te ferai jamais ça. Je t'en fais le serment, Pâquerette, et je tiendrai parole.

Mon cœur s'emballe. Cet homme va devenir mon mari. Le père de notre enfant. Je ne doutais pas de lui, mais je suis contente de l'entendre me jurer fidélité. Je renverse la tête en arrière contre son épaule et couvre ses mains avec mes doigts. Il me saisit les poignets et les emprisonne au-dessus de ma tête, me soulevant la poitrine. De son autre main, il pince mes tétons, qui sont déjà aussi durs que des diamants.

Je gémis doucement.

— Ils sont sensibles, dis-je dans une plainte.

Il arrête aussitôt et m'embrasse dans le cou.

— Pardon, mon ange.

— Non, n'arrête pas. J'aime la façon dont tu me touches.

— Viens là.

Il nous fait reculer jusqu'à ce que nous butions contre le lit et nous écroulions sur le matelas à ressorts. Après m'avoir fait rouler sur le dos, sa bouche se colle à la mienne. Sa tendresse s'envole, remplacée par une avidité pure. Je lui enlève sa chemise. Il m'écarte les cuisses. Je déboutonne son pantalon. Il baisse ma culotte. Nous ne sommes plus qu'un amas de lèvres et de mains entremêlées, de corps en fusion. Je caresse ses muscles fermes, touche tout ce que je peux : ses biceps gonflés, ses fesses rebondies. Il ôte son pantalon et se glisse en moi sans barrière, les dents enfoncées dans mon cou.

Je me cambre pour le prendre plus profondément.

— Oui.

— Oui, répète-t-il.

Il va et vient en moi dans des coups de reins puissants.

— Mienne.

Il me tient par les épaules pour m'empêcher de me cogner contre la tête de lit, mais il me caresse la joue avec le pouce, un vestige de tendresse.

— Tu es mienne, à présent.

Mes paupières papillonnent de plaisir, mais je plonge mon regard dans le sien.

— Je suis tienne depuis le début.

C'est la vérité. Il n'avait pas besoin de me kidnapper et de me retenir prisonnière. J'étais prête à le suivre partout. Il m'a conquise la première fois qu'il m'a touchée sans ménagement.

— Je t'aime, lui dis-je.

Je suis contente de ne plus jamais être obligée de ravaler ces mots. Il doit en être conscient car il sait que je suis incapable de cacher mes sentiments.

Armando renverse la tête en arrière, presque comme s'il avait mal. Il montre les dents et s'enfonce brutalement en moi, encore et encore.

— Oui, haleté-je. S'il te plaît.

Il s'immobilise, le visage tendu, les mains enfonçant mes hanches dans le matelas, son membre gonflé en moi. Il se penche sur moi dans un gémissement et me serre dans ses bras.

— Je t'aime, susurre-t-il.

Il me donne un nouveau coup de reins, et je pousse une exclamation, ravie de sentir son érection énorme m'emplir pleinement. J'en veux encore plus.

Je lui caresse la joue. Il ferme les yeux et se blottit contre ma main avant d'embrasser ma paume.

— Mienne pour toujours, chuchote-t-il.

Mon cœur se gonfle de bonheur.

Il s'enfonce encore plus profondément. Une larme

coule au coin de mon œil, et Armando l'attrape d'un coup de langue.

— Mien pour toujours, murmuré-je.

— Pour l'éternité.

Il va et vient lentement, profondément, parfaitement.

Son membre se contracte et prend de l'ampleur, et la chaleur s'intensifie.

Le plaisir est tellement intense que j'ai du mal à respirer. Je suis consumée par son amour infini. Ressens-je seulement mes émotions, ou aussi les siennes ?

— Oh, Armando, gémis-je, mon extase si intense qu'elle est presque douloureuse.

Il se met à aller plus vite, et son bassin claque contre le mien avec une ferveur qui m'arrache un cri. J'ignore ce qui m'arrive, mais je perçois chaque once d'émotion qui parcourt son corps. J'ai l'impression de ressentir toutes les émotions qu'il a connues au cours de sa vie.

Je perçois chaque vieille blessure, chaque vexation, chaque trahison. Je ressens tout chez cet homme.

Ses doigts s'enfoncent dans la chair tendre de mes hanches, et il me donne un nouveau coup de reins.

— Bon sang, tu es tellement bonne, déclare-t-il en continuant d'aller et venir passionnément.

Ses lèvres se posent dans mon cou, et il me mordille la gorge.

Je sens chaque centimètre de lui s'enfoncer en moi, et je ne désire rien de plus que de savourer cette impression. Je sais que ce moment est éphémère, mais je veux le garder en moi. Je lâche prise. Je ne sais pas dans quoi je plonge, mais je sais que c'est paisible. Je voudrais ressentir cela en permanence. Rien ne peut m'atteindre. Rien ne peut me faire de mal. Rien ne peut me faire autant de bien.

Mes lèvres touchent les siennes, son corps tremble

contre le mien, et je sens son âme dans la mienne. Mes jambes frémissent, mes pointes de pieds se tendent, et je pousse un cri. Je suis toute proche. Tellement proche.

— Oh, Seigneur, *maintenant, Hannah,* jouis maintenant.

Il s'enfonce profondément et m'emplit de son essence brûlante.

Comme mon corps est à ses ordres, je me contracte aussitôt sur son membre dans l'orgasme le plus satisfaisant de toute ma vie, émotionnellement comme physiquement.

Armando ralentit ses va-et-vient et dépose une pluie de baisers sur mes joues, mes paupières, l'arête de mon nez.

— Je t'aime, beauté.

— Moi aussi je t'aime, dis-je d'une voix rauque.

Je reviens peu à peu de la galaxie où mon plaisir m'a propulsée. J'enroule les jambes derrière son dos et le serre davantage contre moi.

— Très fort.

Chapitre Trente-Deux

Armando

Une odeur de terre, de métal et de sang assaille mes narines à l'instant où l'on me fait entrer dans l'entrepôt.

Il est trois heures du matin, bordel. J'ai dû laisser Hannah dans mon lit pour ça. Ça a bien failli me tuer. Mais le don m'a appelé en personne pour me dire de venir. Et quand le don ordonne, on obéit. Sans poser de questions. Sans se plaindre.

Il aurait pu faire traîner les choses et faire mariner Emilio, mais il a choisi de prononcer sa sentence cette nuit.

Il y a deux parties de moi, désormais. La partie morte. Et la partie qu'Hannah a éveillée aux émotions. La partie morte se fout complètement de ce qui se passera cette nuit, qu'ils fassent couler Emilio dans le lac Michigan avec des chaussures en béton ou qu'ils m'obligent à presser la détente.

Mais l'autre partie - celle influencée par Hannah... *Bon sang*. Elle ne peut pas le supporter. L'idée qu'Emilio se fasse buter me rend malade. Gracie, veuve avant même d'être mariée. Privée de son grand mariage.

Ça ne me plaît pas.

Non que je pardonne ce sale type. Il a mis un contrat sur ma tête rien que pour sauver sa peau après m'avoir volé ma copine.

Mais bon, Grace n'est plus ma copine, justement. Et à présent, j'ai l'impression qu'elle ne l'a jamais été. Nous faisions semblant. Nous imitions les autres initiés et leurs croqueuses de diamants.

Je me trouve dans l'un des entrepôts du don à Little Italy, non loin du *Jardin d'Éden*.

Emilio est roulé en boule sur le sol, en sang, et il pleure comme un bébé. Les autres l'ont déjà tabassé.

Tous les hommes qui comptent sont présents. Les vétérans. Alex, le gendre de Don G. Marco et Léo.

Don Pachino me jette un regard et me fait signe d'approcher d'un geste du menton. Je le rejoins comme si la scène ne m'atteignait pas.

Ce qui est à moitié vrai.

J'ai vu assez de violence pour être endurci. D'ailleurs, j'ai moi-même pris part à assez d'actes violents pour qu'Emilio s'imagine que j'allais le tuer à ma sortie. Alors le voir couvert de bleus et de sang ne me fait rien.

Mais savoir qu'il risque de mourir bientôt ? Ça, ça me perturbe.

— Emilio a violé son serment.

Le don a parlé, et l'assemblée se tait. Ça y est : la sentence est pour maintenant.

En regardant autour de moi, je remarque que je ne suis pas le seul à être un peu mal à l'aise. Tout le monde a une expression sinistre. Les mains dans les poches, pas la moindre trace de jubilation. Emilio a beau m'avoir fait un sale coup, il est toujours des nôtres. C'est un membre de la Famille. Un frère d'armes.

Et c'était l'un des chouchous du don.

— Il nous a tous trahis en tentant d'éliminer un membre de la *Famiglia*.

Emilio émet un sanglot, mais il n'implore pas le don. Il n'est pas assez bête pour cela.

Don G croise les bras et nous laisse assimiler ses mots. Il laisse la tension monter.

— Armando, c'est toi la victime. Quelle peine demandes-tu ?

Merde.

J'espérais que cette décision serait prise à ma place.

— Je ne suis pas la seule victime, dis-je en jetant un regard à Marco. Il s'est pris une balle dans le cul.

— Et je lui ai cassé la gueule, répond mon cousin. T'inquiète, je me suis vengé.

— T'es sûr ? Tu pourrais lui tirer dans le cul, toi aussi. Ça ne serait que justice.

— Ça m'a traversé l'esprit, répond Marco avec un sourire en coin.

Emilio me jette un regard à travers les fentes gonflées que sont devenus ses yeux. Son expression est suppliante. Pleine de regrets.

— Je suis désolé, Mando. J'ai essayé de tout annuler, je le jure devant Dieu.

Évidemment, cela me fait penser à Hannah, et cela réveille mes émotions.

— Ouais, je sais, dis-je.

La salle est plongée dans le silence. J'ai l'impression que tout le monde retient son souffle.

— Hannah t'a entendu annuler au téléphone.

Je vois l'espoir s'épanouir sur le visage d'Emilio. Il se

hisse sur les avant-bras, puis s'assoit en grimaçant, les mains sur ses côtes, qui sont probablement cassées.

Je fourre les mains dans mes poches, comme les autres hommes. Je dévisage Emilio, le pauvre *stronzo* à mes pieds.

— T'es tellement lâche que tu n'étais pas foutu de me tuer toi-même.

Des larmes coulent sur son visage. Il écarte les mains.

— Je suis désolé, Mando. Mais je l'aime tellement. Je l'ai toujours aimée. Avant même que tu ailles en tôle. Je voulais rester en vie pour l'épouser.

— Et regarde où ça t'a mené.

Je sens les autres s'agiter face à ma menace. À mes mots qui sous-entendent qu'il ne vivra pas assez longtemps pour se marier.

J'affronte son regard implorant.

— Propose-moi réparation, dis-je d'un ton impérieux, comme un défi, comme si j'étais susceptible de ne pas accepter ses termes.

Le soulagement et l'empressement s'affichent sur son visage.

— Tout ce que tu voudras. Je paierai le prix qu'il faut. Tu n'as qu'un mot à dire.

— Combien vaut ce mariage à tes yeux ?

— Tout.

— Cinquante mille, dis-je un peu au hasard.

— Cent mille, intervient Don G d'un ton ferme.

Emilio se hâte de hoche la tête, et il se met lentement à genoux.

— Je paierai. Oui, bien sûr. Je paierai.

— Apporte-lui la somme demain, et on en restera là, tranche le don avant de me regarder. Pas de vengeance.

Je lève les mains en l'air.

— Je ne l'ai jamais menacé. Vous m'avez dit de le laisser tranquille, et j'ai obéi. Je suis les ordres. Je suis loyal.

Contrairement à certains connards. Je ne dis pas ces mots à voix haute, mais je sais que tout le monde pense la même chose.

Emilio devra vivre avec sa honte pour le restant de ses jours. Il fait toujours partie de la Famille, mais ce soir, il a perdu tout son respect.

— C'est vrai, admet Don G en coulant un regard dégoûté à Emilio. Je n'avais pas réalisé que la menace venait d'une autre direction.

Et puis merde. L'amour d'Hannah m'a rendu généreux. À moins qu'elle œuvre à travers moi. Elle est tellement compréhensive. Je parcours la distance qui me sépare d'Emilio et je lui tends la main.

Il me regarde d'un air dubitatif, comme s'il s'attendait à ce que je sorte une arme et lui tire dans les dents, mais je patiente, la paume ouverte.

Quand il la saisit enfin, je le hisse sur ses pieds.

- Beaucoup d'hommes ont fait bien pire pour garder une femme. Sois bon avec Grace.

Je lui donne une étreinte virile, et il s'agrippe à mes épaules comme si j'étais sa planche de salut. Ce qui est un peu le cas, j'imagine.

La tension dans la pièce s'envole d'un coup, et des grognements approbateurs résonnent autour de nous.

— Ne... ne lui dis rien, me supplie-t-il lorsque je le lâche.

Je secoue la tête, parfaitement calme.

— Jamais. Et personne ici ne le lui dira non plus.

C'est sans doute vrai, mais je jette un regard à la ronde pour m'en assurer, pour en faire un avertissement.

Tout le monde acquiesce.

Don G tourne les talons et s'éloigne, comme s'il ne voulait pas s'abaisser à accorder son attention à Emilio. Il s'arrête sur le seuil.

— Je veux que l'affaire soit réglée demain. Mando, préviens-moi quand tu auras reçu la somme. Ensuite, je ne veux plus jamais entendre parler de ces conneries.

— *Capito, capito*, dit Emilio, mais le don lui a déjà tourné le dos.

Marco me rejoint d'un pas guilleret tout en jetant un regard dédaigneux à Emilio.

— Moi aussi, je me serais inquiété si je t'avais piqué ta copine. T'es flippant.

C'est une blague, et elle évacue une partie des tensions dans la pièce. Les hommes commencent à se mettre en mouvement, à discuter ensemble.

— Ma copine actuelle m'attend à la maison, alors sans vouloir vous vexer, j'ai mieux à faire.

— Vas-y. Rentre chez toi, dit Léo en me faisant signe de filer. Prends bien soin de la future maman.

Certains des hommes présents poussent des exclamations surprises en entendant la nouvelle.

J'ai l'impression que Lorenzo se sent impliqué dans notre petite famille, depuis que je lui ai confié la vie d'Hannah et du bébé, tout à l'heure. Je ferai peut-être de lui le parrain. Même si Marco serait le choix le plus sensé, et pas seulement parce qu'il est plus jeune.

Mon cousin serait prêt à se couper la main pour moi.

Je le prends par le bras, et nous nous donnons des tapes sur l'épaule.

— À demain, Emilio, dis-je sans trace de moquerie dans la voix.

J'ignore comment il va faire pour trouver cent mille dollars aussi vite, mais ce n'est pas mon problème.

Même si je proposais de lui donner un délai plus long, le don ne l'accepterait jamais.

Il a prononcé sa sentence. Elle sera respectée.

* * *

Hannah

Armando rentre à six heures du matin.

Je me souviens qu'il est parti après avoir reçu un coup de fil. Il devait être environ trois heures.

Je m'assois dans le lit, apeurée. Je le dévisage pour voir s'il saigne ou s'il a des bleus, mais à part son air fatigué, il semble indemne.

— Tout va bien ?

Je ne lui demande pas où il était. Je sais qu'il ne peut rien me dire.

Il hoche la tête.

— Oui. Tout est résolu avec Emilio.

Emilio. Je ne suis pas du genre rancunière, mais il a voulu faire assassiner Armando, alors je ne suis pas sûre de lui pardonner un jour.

Mais je n'ai pas pour autant envie d'apprendre qu'il est mort. Même si Armando ne partagerait pas cette nouvelle avec moi.

— Est-ce que... est-ce que le mariage est maintenu, entre Grace et lui ?

Armando se déshabille et se met au lit. Il rampe jusqu'à moi et s'allonge sur mon corps.

— Ouais. Je vais obtenir réparation. Tu sais ce que ça signifie, Pâquerette ?

Je n'en ai aucune idée.

— Non ?

— Ça veut dire que j'aurai les moyens d'investir dans le *Jardin d'Éden*. Notre entreprise familiale.

Mes yeux s'emplissent de larmes.

Notre entreprise familiale.

Je crois que jusqu'à présent, je n'avais jamais réalisé à quel point faire tourner la boutique toute seule me plongeait dans la solitude. J'ai engagé Josie pour tenter de rendre ce fardeau moins lourd, mais elle n'était pas aussi investie que moi.

À présent, j'ai Armando. Et je sais déjà qu'il est capable d'accomplir des miracles. Ce qui signifie que mon entreprise est sauvée. Je suis sûre qu'il m'aidera à la redresser. À tout résoudre.

Il est comme ça.

— C'est bien, bébé. Pleure un bon coup. Ce sont des larmes de joie ?

— Oui. Je suis heureuse.

Il a un grand sourire. C'est rare, chez lui, et j'en ai le souffle coupé.

— Qu'est-ce qui te rend heureuse ?

— Le fait qu'on forme une famille.

Son sourire grandit encore.

— Tu es ma famille, Pâquerette. Le bébé et toi, vous êtes tout pour moi.

Je le serre contre moi.

Après un baiser brûlant, il lève la tête.

— Tu es à moi, Hannah, déclare-t-il d'une voix grave et

possessive. Tu es à moi, et je ferai tout ce qui est en mon pouvoir pour te rendre heureuse.

Un frisson me parcourt l'échine face à la conviction dans ses mots, mais ils ne me font pas peur. Au contraire, je les accueille à bras ouverts, et j'étreins Armando et pose mes lèvres sur les siennes. Nous nous embrassons profondément, passionnément, et le monde qui nous entoure disparaît tandis que nous nous perdons l'un dans l'autre.

Quelque chose chez lui me donne le sentiment d'être en sécurité, protégée, comme si rien ne pouvait m'atteindre tant qu'il sera à mes côtés.

Je gémis doucement dans sa bouche lorsqu'il m'écarte les jambes.

Il embrasse chaque centimètre carré de ma peau, commençant par mon cou avant de descendre sur mes épaules, puis mes seins. Je me cambre quand ses lèvres se referment sur mon téton, ses doigts glissés entre mes cuisses. Je halète lorsqu'il me pénètre dans un geste lent et délibéré.

Mais je veux plus que ses doigts. Je veux que son sexe s'enfouisse en moi.

— Plus, gémis-je. Donne-m'en plus.

Je ne réalise même pas ce que je fais avant d'être assise à califourchon sur lui. Je me mets en position, son érection pressée contre mon sexe. Son gland épais glisse en moi, et je halète, momentanément figée.

Il est tellement bien monté, et l'angle est presque douloureux.

Mais j'aime cette douleur. Je l'adore.

Je commence à bouger, à m'enfoncer sur son érection, son membre épais m'étirant avec beaucoup plus d'intensité que ses doigts.

Je m'empale sur lui dans un gémissement sonore et rauque. Ses mains se referment sur mes hanches, m'obligeant à le chevaucher, levant le bassin pour aller à la rencontre de mes mouvements et me pénétrer profondément.

Je renverse la tête en arrière, les cheveux dans le dos, et je me laisse aller. Mon orgasme explose, tel un feu d'artifice dans le ciel nocturne.

J'ondule de plus en plus vite, de plus en plus fort, mon corps insatiable. Je plante les ongles dans ses épaules, me frotte à lui. Mes cris de plaisir résonnent dans la pièce.

Je ralentis, mes yeux plongés dans les siens pendant que je vais et viens le long de son membre. Il me regarde comme si j'étais la plus belle femme du monde tandis que je le chevauche dans un mouvement lent et régulier.

Mes paupières se ferment en papillonnant alors qu'un autre orgasme approche.

— C'est bien, murmure-t-il d'une voix douce et pleine de désir. Jouis pour moi, Hannah. Jouis pour moi.

Ses mots me font basculer dans l'extase ; ses mots et son sexe. La tête en arrière, je crie son nom, le corps secoué par ce nouvel orgasme.

Il me retourne sur le lit et se place derrière moi avant de me pénétrer. Il me saisit par les hanches et me donne un coup de reins profond.

Son membre pulse en moi, tout son corps soudain crispé. Il fait encore quelques va-et-vient avant de s'immobiliser. Il pousse un gémissement grave tandis que son érection se contracte en moi et que son sperme chaud m'emplit.

Il se retire et se couche à mes côtés en me serrant contre lui.

— Je t'aime, Pâquerette.

J'enfouis le visage dans son cou et savoure le pouvoir de ses mots. Son amour. Ses attentions. Ses promesses.

— Je t'aime tellement fort, réponds-je.

— Tu m'as ramené d'entre les morts. Tu m'as donné une raison de vivre. Je te dois tout. Je veux que tu saches que je ne te décevrai plus jamais.

Les larmes me montent de nouveau aux yeux.

— Je sais, murmuré-je contre sa peau.

Je suis prête à lui confier ma vie. Notre enfant. Notre avenir.

Il est tout pour moi.

Épilogue

Hannah

— Les juges ont vu tous les concurrents, et ils ont choisi quatre finalistes. J'appelle les fleuristes suivants à s'avancer...

Les bras d'Armando se serrent autour de mon ventre arrondi.

— Tu seras choisie, me souffle-t-il à l'oreille.

Marco et Léo me donnent tous les deux une tape dans le dos. Je suis touchée qu'ils soient venus. C'est vrai que la famille d'Armando est soudée. Et désormais, je suis incluse dedans.

Mon cœur bat la chamade contre mes côtes, mais pour être honnête, si je ne suis pas retenue pour la finale, je m'en fiche. Ce qui compte pour moi, c'est la chaleur qui emplit ma poitrine en cet instant.

Ce débordement d'amour et de soutien de la part d'Armando. Le plaisir d'avoir la personne qui compte le plus au monde à mes yeux à mes côtés.

Comme promis, Armando s'est servi de la somme que lui a donné Emilio pour investir dans le *Jardin d'Éden*. Il a acheté un van tout neuf et a engagé deux hommes à mi-temps pour effectuer mes livraisons. Il se consacre corps et âme à la réussite de l'entreprise - de notre *entreprise familiale*, comme il dit -, et en deux mois, les revenus ont déjà triplé. Il a convaincu le don de rénover l'immeuble, et il cherche un local pour une deuxième boutique. Il prend en main tous les aspects qui me terrifiaient, et avec lui, ça paraît facile. Moi, je peux me consacrer à ce que je fais de mieux : le côté artistique. Nous prospectons ensemble, ce qui rend la recherche de nouveaux clients moins intimidante.

— Hannah Munn, annonce le présentateur.

Je pousse une exclamation. Je ne m'attendais pas à être parmi les finalistes.

— Je te l'avais dit, gronde Armando à mon oreille avant de me lâcher pour que je me rende sur scène.

Je prends une inspiration tremblante, agite les mains et me penche pour ramasser mon seau de fleurs.

— Arrête, me dit Armando d'un ton amusé. Je vais les porter pour toi.

Il ne me laisse rien soulever de trop lourd. Et il m'empêche de rester debout trop longtemps. Ou de travailler trop dur. Il me traite comme une princesse, sauf au lit. Là, il se transforme toujours en bête sauvage, même avec mon ventre de plus en plus rond.

Je monte sur scène, et il me suit, avec dans les bras un seau débordant de fleurs, qu'il pose à côté de moi.

— Mets-leur la pâtée, Pâquerette, murmure-t-il.

Il serre ma main dans la sienne avant de s'éclipser pour me laisser avec les autres finalistes. La prochaine épreuve consiste à élaborer une composition avec les fleurs que nous avons apportées sous les yeux du public. Puis à créer une composition avec des fleurs qui nous seront fournies.

J'attends que le chrono soit lancé, puis je m'attelle à ma tâche. Je crée une spirale de roses multicolores entremêlées de freesias et de rotin argenté. Quand j'ai terminé, je fais un pas en arrière pour que les juges observent mon travail, et je m'interdis de regarder les compositions de mes trois concurrents. J'ai le trac, et le doute ne demande qu'à s'infiltrer en moi. Au lieu de cela, je cherche Armando dans le public. Nos regards se croisent, et aussitôt, je ressens sa force. La foi qu'il me porte. Elle se déverse en moi, chassant mon stress. Je tente un petit sourire, et il me sourit en retour.

Je vois toutes ses dents. Rien ne me rend plus heureuse que de le voir se dérider ainsi. De savoir que c'est moi qui l'ai aidé à reprendre goût à la vie.

La semaine dernière, le mariage de Grace et Emilio a eu lieu. Je me suis donnée à fond pour leurs fleurs. Pas parce qu'Emilio le méritait, mais parce qu'il s'agit de la famille d'Armando, et qu'à présent, j'en fais partie. Nous avons également assisté au mariage en tant qu'invités. C'était la décision d'Armando. Il a dit qu'il était trop heureux avec moi pour être rancunier.

Les organisateurs du concours apportent leurs propres seaux de fleurs, et l'épreuve suivante commence. Je ne réfléchis pas, laissant mes doigts choisir les fleurs et les arranger, sans plan précis en tête. Je sais que si je tente de déterminer ce que je dois faire, j'échouerai. Mon génie créatif s'exprime lorsque je ne me censure pas, ne m'inquiète pas, ne cogite pas.

Je me laisse porter par la plénitude que m'offre l'amour d'Armando. Par le plaisir de porter son alliance et de construire une vie, une entreprise et une famille avec lui. Et ma composition se crée d'elle-même : un entrelacs de pivoines et de lys orientaux, simple, mais composé de plusieurs niveaux.

Le chronomètre sonne. Nous reculons. Je croise le regard d'Armando, et il m'adresse un clin d'œil. L'espoir commence à monter en moi. Je suis arrivée jusque-là, et je suis sûre qu'il serait fantastique de gagner. Mais non, mieux vaut ne pas m'avancer, car je ne veux pas être déçue.

Les juges se consultent, et l'attente me donne un peu le tournis. Ma grossesse me provoque des chutes de tension, comme l'avait prédit ma mère. Elle est ravie que je sois enceinte, maintenant que je suis heureuse. Et je crois que même mon père commence à accepter Armando, bien qu'il n'aime pas ses liens avec la mafia.

Armando m'a dit que c'était quelque chose qu'il ne pouvait pas changer, mais il m'a promis de nous mettre à l'abri de toutes conséquences négatives, le bébé et moi. Je sais que rien n'est garanti. Il pourrait retourner en prison. Ou se faire tuer. Mais pour l'instant, le don le laisse prendre ses distances avec les affaires pour s'occuper de mon entreprise. Difficile de ne pas me sentir invincible, lorsque je suis enveloppée par son amour.

— Les juges ont pris leur décision. À la troisième place, Jaya Lowe.

La foule applaudit. Je fais mine de respirer.

— À la deuxième place, Eric Diamond.

Mince. J'ai sans doute fini quatrième.

— Et à la première place, la gagnante de la compétition est... Hannah Munn, du *Jardin d'Éden*.

J'entends Armando crier. Je tente de retenir les larmes qui cascadent déjà sur mes joues, mais c'est peine perdue. Je ne recevrai pas mon trophée avec calme et élégance. Mais peu importe.

J'ai gagné.

Les jambes tremblantes, je rejoins Armando avec mon trophée, et il me fait tournoyer.

— Tu as réussi ! J'étais sûr que tu gagnerais, Pâquerette.

— Je n'arrive pas à arrêter de pleurer, dis-je, malgré l'évidence.

Il me repose doucement sur mes pieds et embrasse mes larmes.

— Continue de pleurer, Pâquerette. La vie va devenir de plus en plus belle.

Livre gratuit de Renee Rose

Abonnez-vous à la newsletter de Renee

Abonnez-vous à la newsletter de Renee pour recevoir
livre gratuit, des scènes bonus gratuites et pour être averti·e
de ses nouvelles parutions !

https://BookHip.com/QQAPBW

Ouvrages de Renee Rose parus en français

www.reneeroseromance.com/francaise/

Les Nuits de Vegas
Roi de carreau
Atout cœur
Valet de pique
As de cœur
Joker Mortel
Dame de trèfle
Cartes sur Table
Bonne Pioche

La Bratva de Chicago
Prélude
Le Directeur
Le Stratège
Possédée
L'Homme de Main
Le Hacker
Le Bookmaker

Le Nettoyeur
Le Coureur
Le Gardien

Série Made Men

Ne m'Aguiche Pas
Ne me Tente Pas
Ne m'Oblige Pas

Série Chicago Sin

Nid de Péché
Ancré dans le Péché

Dompte-Moi

Son Maître Royal
Oui, Docteur
Son Maître Russe
Son Maître Marine
Soumise à leur Punition
Son Maître Pompier

Alpha des montagnes

Le héros
Rebel
Le Guerrier

Alpha Bad Boys

La Tentation de l'Alpha
Le Danger de l'Alpha
Le Trophée de l'Alpha
Le Défi de l'Alpha
L'Obsession de l'Alpha

L'Amour dans l'ascenseur (Histoire bonus de La Tentation de l'Alpha)
Le Désir de l'Alpha
La Guerre de l'Alpha
La Mission de l'Alpha
Le Fleau de l'Alpha
Le Secret de l'Alpha
La Proie de l'Alpha
Le Sang de l'Alpha
Le Soleil de l'Alpha
La Lune de l'Alpha
La Serment de l'Alpha
La Vengeance de *l'Alpha*

Lycée Wolf Ridge
Brute Alpha
Chevalier Alpha
Alpha par Alliance

Le Ranch des Loups
Brut
Fauve
Féral
Sauvage
Féroce
Impitoyable

Deux Marques
Indomptée (libre)
Temptée
Désirée
Séduite

Maîtres Zandiens

Son Esclave Humaine

Sa Prisonnière Humaine

Le Dressage de Son Humaine

Sa Rebelle Humaine

Sa Vassale Humaine

Son Compagnon et Maître

Animal de Compagnie Zandien

Sa Possession Humaine

Les Épouses Zandiennes

La Nuit des Zandiens

Achetée par les Zandiens

Dominée par les Zandiens

À propos de Renee Rose

RENEE ROSE, AUTEURE DE BEST-SELLERS D'APRÈS USA TODAY, adore les héros alpha dominants qui ne mâchent pas leurs mots ! Elle a vendu plus d'un million d'exemplaires de romans d'amour torrides, plus ou moins coquins (surtout plus). Ses livres ont figuré dans les catégories « Happily Ever After » et « Popsugar » de USA Today. Nommée *Meilleur nouvel auteur érotique* par Eroticon USA en 2013, elle a aussi remporté le prix d'*Auteur favori de science-fiction et d'anthologie* de Spunky and Sassy, e celui de *Meilleur roman historique* de The Romance Reviews. Elle a figuré dix fois sur la liste des best-sellers de USA Today avec ses livres Bratva de Chicago, Wolf Ranch et Bad Boy Alpha et plusieurs anthologies.

Abonnez-vous à la newsletter de Renee pour recevoir des scènes bonus gratuites et pour être avertie de ses nouvelles parutions!

https://www.subscribepage.com/reneerosefr